12개국 35개 농장
땅 파서 꿈 캐는 꽃청춘의 세계일주

파밍보이즈!

FARMING BOYS

글 유지황

남해의봄날 ✱

청년, 농촌에서 미래를 보다

어릴 적 꿈은 축구선수였다. 산과 들을 거침없이 뛰놀던 어린 시절, 누군가 동네 한가운데에서 '나온나, 놀자' 고함을 지르면 너나 할 것 없이 뛰쳐나와 우르르 몰려다니며 공을 찼다. 뒷산에 올라가 도랑 가득 있던 개구리를 잡고, 바닷물이 들 땐 목수 아저씨들이 만들던 뗏목에 올라가 다이빙하고 수영을 했다. 끊임없이 놀 거리를 찾아다니다가 배가 고프면 동네에 있는 과실나무의 과일을 따먹었다. 딱히 주인 없는 것들이었다. 나는 그야말로 통영 촌놈이었다. 특히 좋았던 기억은 아버지의 배를 타고 바다로 나갈 때였다. 저녁노을 질 즈음에 통영 바다의 수평선을 보며 선선한 바람을 맞을 때에는 황홀했다. 밤이 오면 하늘에 별이 가득했다. 제법 멀미를 하는 편이었지만 이런 것들을 보고 있으면 마음이 편안했다. 내 어린 시절은 정말 행복 그 자체였다.

처음 해외로 나가 본 것은 스물세 살, 이집트로 첫 배낭여행을 갔을 때였다. 시장에서 물건을 사고 나오는 길에 차 밑에 들어가 자는 아이들을 보았다. 충격이었다. 내가 온 동네 골목을 누비며 무얼 하고 놀까 고민하던 바로 그 나이에, 왜 저 아이들은 차 밑에서 자고 있는가?

이집트뿐만이 아니었다. 라오스, 태국, 캄보디아, 베트남 등 동남아시아 지역의 관광지에서 무수히 많은 거리의 아이들을 만났다. 구걸을 하거나 잡동사니를 팔아 어른들에게 상납금을 바치며 살아가는 아이들을 보면서, 그 아이들이 파는 물건을 사 주는 것이 도움이 되는지 사지 않는 것이 도움인지, 계속 스스로에게 질문을 던질 수밖에 없었다. 봉사활동을 다녀 보기도 했다. 하지만 기껏 떠난 해외 봉사활동이 관광에 더 많은 시간과 자본을 투자하는 걸 경험하면서 회의를 느꼈다. 게다가 이런 지원에는 한계가 있었다. 잠시 잠깐의 도움은 문제의 근원적인 해결책이 될 수는 없었다.

오늘날 인간이 살아가는 데 가장 필요한 기본 요소는 '의식주(衣食住)'가 아니라 '식주학(食住學)'이라는 생각이 든다. 산업혁명 이후 전 세계적으로 '의복' 문제는 많이 줄어든 것 같다. 하지만 '먹을 것'에 대한 문제는 여전히 어느 곳에서든 제각각의 형태로 끊임없이 일어나고 있다. 생계를 유지하기 위해선 가장 먼저 먹거리가 해결되어야 한다. 그래서 생각해 낸 것이 농사였다. 농사를 지어 스스로 먹을 것을 생산하면 어떻게든 자급자족하며 살아갈 수 있지 않을까?

이때까지만 해도 농부가 되겠단 생각보다는 식량 문제에 더 관심이 많았다. 농업은 수단일 뿐, 식량이 해결되면 굶는 사람이 사라지고 건강한 먹거리가 많아지면 질병도 사라질 거라고 단순하게 생각했다. 게다가 청년 농부들이 많이 생기면 농촌의 고령화, 지역활성화, 청년 실업 같은 다양한 사회 문제도 해결할 수 있지 않은가. 그래서 졸업 후에 농기계를 개발해 이런 사회 문제를 적어도 1퍼센트 정도는 해결하는 사람이 되어야겠다고 다짐했다.

마침 방학에 사천의 농자재 도매상에서 배달 아르바이트를 하며 산청, 하동, 진주, 통영, 거제, 합천, 고성 등의 농촌을 두루 돌아볼 기회가 있었다. 그런데 정말이지 청년이라곤 눈 씻고도 찾아볼 수가 없었다. 대부분의 농촌에 70~80대 어르신들밖에 없었다. 하물며 농촌의 가장 젊은 에너지인 청년회도 50대와 60대였다. 농촌 고령화는 심각했다. 농약방에 앉아 있으면 농촌에 청년이 많이 필요하다는 이야기가 꼭 나오곤 했다. 정부의 농촌 지원 프로그램이 서류 작성에 익숙치 않은 연세 많은 소농들에게 쉽지 않은 일이란 것도 이때 알았다. 그러다 문득 번개처럼 떠오른 생각. '여기야말로 노다지다!' 청년 실업이 사회 문제라지만, 농촌은 그야말로 할 일이 천지였다. 논밭과 마을에 널린 일거리가 내 눈엔 모두 기회로 보였다. 일자리도 찾고, 농촌 고령화도 해결하고, 그야말로 일석이조 아닌가! 이때까지만 해도 상상조차 못 했다. 농사일이 얼마나 고된지, 농업이 얼마나 어렵고 복잡하며 넓은 세계인지, 나의 파란만장한 여정이 앞으로 어떤 길로 이어질지도.

홍성에서 일본까지

시작은 홍성의 풀무학교였다. 소네하라 히사시의 〈농촌의 역습〉을 읽고 처음으로 로컬푸드, 공동체, 6차산업, 도농교류와 같은 단어들을 접했다. 그리고 우리나라에도 50년 이상의 전통이 있는 풀무농업고등기술학교가 지역에서 로컬푸드와 6차산업을 알리고 있다는 이야기를 들었다. 함께 자취하는 후배 하석과 함께 당장 짐을 싸들고 찾아갔다.

　1958년 설립된 풀무농업고등기술학교는 학교뿐만 아니라 협동조합도 함께 시작해 출판사와 로컬푸드 매장, 농장 등을 운영하는 역사 깊은 대안공동체다. 젊은 사람들이 유기농업으로 채소를 키우고 판매까지 하는 '젊은협업농장'을 보며 '바로 이거다!' 싶었다. 시장경제의 논리에서 벗어나, 혼자서는 할 수 없는 것들을 '함께' 만들어 가는 공동체의 모습에 가슴이 벅차 올랐다. 홍성의 풀무학교와 협동조합에서 얻은 가장 큰 배움은 농촌에서 농사 외에도 훨씬 많은 일들을 할 수 있다는 것이다. 단순히 건강한 먹거리를 생산하는 것만이 아니라, 유통하고 판매하며 생산자와 소비자를 연결하고, 지역과 상생하며 성장할 수도 있구나! 돌아오자마자 들뜬 마음으로 당장 농사를 지어 보기로 했다. 집 근처에서 30평 정도의 작은 텃밭을 빌려 고추, 파프리카, 가지, 오이, 방울토마토를 키우기로 했다. 퇴비는 처음 텃밭을 만들 때 나온 잡초를 이용했고 농약은 최소한으로 쳤다.

그런데 막상 빌린 자투리 땅에 농사를 지어 보니, 이게 상상 이상으로 어려웠다. 벌레 먹기 쉬운 고추 같은 작물은 한번 병이 들면 농약 없이는 전멸해 버렸다. 시들시들한 작물들을 보면서 도대체 무엇이 잘못인지 오리무중이었다. 첫 농사의 수확물은 절반에 불과했다. 만약 큰 농사를 지었다면 엄청난 피해를 입었을 거라 생각하니 오싹해졌다.

설상가상으로 농사를 짓던 땅에서 얼마 지나지 않아 쫓겨나는 형편에 처했다. 무상으로 빌린 땅이라, 나가 달라는 말에 대꾸 한번 할 수 없었다. 기껏 밭을 고르고 퇴비를 뿌리며 일군 땅에서 나가려니 망연자실했다. 농사를 지으려면 땅이 있어야 한다. 그러나 내겐 손바닥만 한 자갈밭 하나 없다. 제아무리 농부를 꿈꾼들, 자기 땅이 있는 청년이 이 나라에 얼마나 될까? 부모님이 농사를 지어 물려받을 땅이 있으면 몰라도 땡전 한 푼 없는 청년에게 농사는 꿈도 못 꿀 일이다. 토지도, 자본도 없이 어떻게 농사를 지어 청년 실업과 기아 문제를 해결한단 말인가? 제대로 시작도 못해 보고 막다른 길을 마주한 기분이었다.

좋은 소식도 있었다. 대학생들의 '꿈 여행'을 지원하는 어느 기업 공모에 선정되어 1주일간 일본 여행을 떠나게 된 것이다. 우리가 방문한 곳은 야마나시 현의 NPO 단체 '에가오쓰나게테(えがおつなげて)'였

7

다. 책 〈농촌의 역습〉의 배경이자, 농촌의 자원과 도시의 필요를 연결하는 도농 교류의 모범 사례로 손꼽히는 이곳을 직접 눈으로 보고 싶었다. 도쿄에서 두 시간 정도 떨어져 있는 이곳은 도시 사람들, 회사, 단체와 연계해 함께 벼농사를 짓는다. 회사에서 단체로 찾아와 논일을 하며 팀워크를 키우고, 직접 수확한 쌀로 떡이나 술을 빚는 프로그램을 운영하는 등, 당시에는 내가 상상도 못 했던 방식으로 농촌의 자원을 활용하고 있었다. 우릴 먹여 주고 재워 주신 쓰노다 씨가 주변의 복숭아 농장과 뽕나무 농장을 소개해 주신 덕분에 여러 농장도 견학했다. 일본 방문에서 가장 흥미로웠던 점은 일본이 농사 짓기에 좋은 환경을 제대로 갖추고 있다는 것이었다. 농자재 마트에는 한국에선 볼 수 없었던 다양한 종류의 도구들이 있었고, 안전한 먹거리에 관심 갖는 소비자들의 마음이 돋보였다. 무엇보다 정부나 지자체의 지원 정책이 잘 되어 있었다.

1주일의 꿈 여행은 짧고도 강렬했다. 하지만 돌아온 우리는 여전히 자본도 토지도 없는 무일푼에 졸업을 앞두고 고민하는 취업준비생들일 뿐이었다. 정말 우리가 에가오쓰나게테를 다녀온 게 맞긴 한지, 이제부터 뭘 해야 할지 고민에 휩싸였다. 자취방에 무기력하게 늘어져 있는 하석에게 내가 먼저 물었다.

"하석아, 니 이제 졸업인데 길게 여행 한 번 가자."

한두 달도 아니고 1년 정도 세계일주를 가자는 말에 하석이 은근히 기대하는 눈치였다.

"근데 그냥 여행이 아이고 농업여행이다."

"행님 그게 뭡니까! 왜 사서 고생을 합니까?"

"니 여행 갈 돈은 있나?"

계획은 이미 머릿속에 다 짜여 있었다. 호주에서 워킹홀리데이를 하며 돈도 벌고, 농장 일도 배우는 것이다. 그렇게 모은 돈으로 세계의 농장들을 찾아다니는 계획이었다. 다른 사람들은 여행을 가려고 억지로 농장에서 일하지만, 우리는 애초에 농장 일을 보고 배우는 것이 목적이니 이보다 더 좋은 아이디어가 어디 있을까!

"니 졸업하고 뭘 해야 할지 아직 모르겠다 했제? 이 여행에서 니 꿈 한번 찾아본나. 절대 후회 안 할 끼다."

농사에 별 관심이 없던 하석은 용케 내가 내민 큰 떡밥을 물었다. 그리고 우리는 한 달간 각자 비행기 값과 여행 경비를 모으기로 했다.

40일 후, 하석과 나는 정말로 호주행 비행기에 앉아 있었다.

비상식량 팀을
소개합니다!

사실 '비상식량'이라는 팀 이름은 '꿈 여행' 공모를 위해 만든 것이다. '농업 기술로 세계의 기아 문제를 해결하는 사람이 되고 싶다'는 우리의 바람을 담아 하석이 지었다. 그렇게 시작한 비상식량의 농업 세계일주 프로젝트는 세계의 농장들을 돌아다니며 일을 배우고 유기농 농장들과 농업 교육기관을 방문하는 것이 목표다.

유지황 자급자족 청년 농부를 꿈꾸는 공학도

비상식량에서 '행님'을 맡고 있다. 궁금한 일은 무엇이든 눈으로 확인하고 하고 싶은 일은 무조건 시작하고 보는 행동파. 누구도 굶지 않고 인간답게 살아가는 세상을 꿈꾸다가 농업에 관심을 갖고 세계 농업일주를 시작했다. 농장 일 찾으랴, 영화 찍으랴, 공부하랴 몸이 세 개라도 모자랄 지경이지만 땀 흘려 일하고 몸으로 배우며 자급자족할 수 있는 내일을 꿈꾼다. 청년 농부가 공공의 일자리가 되는 세상을 기대하며 오늘도 농사를 짓고 집을 짓고 있다.

김하석 우쿨렐레 치는 베짱이

지혜보다는 잔머리가 발달한 유쾌한 경영학도. 비상식량에서 '흥'을 맡고 있다. 대학 시절 지황과 함께 자취하다가 낚여 농업 세계일주를 떠났으며 여행을 통해 꿈을 찾는 것이 목표다. 한국에 있을 때는 자연은커녕 동물도 거들떠 보지 않았으나 여행을 거듭하면서 땀 흘리는 노동의 즐거움을 배우고 동물들과 대화를 나눌 정도로 동물을 좋아하게 됐다. 여행 중에 습득한 우쿨렐레를 연주하며 독창적인 멜로디로 많은 사람들의 마음에 평온을 주고 행복을 선물해 주었다.

권두현 열정 넘치는 산청 딸기 청년

장차 산청 강누마을의 이장님이 되는 게 꿈인 딸기 청년. 뒤늦게 합류한 비상식량에서 '힘'을 맡고 있다. 팔다리가 길어 슬픈 하석과 달리 팔다리가 짧아 농사짓기 딱 좋은 몸이다. 본래 조선공학을 전공했지만 농부를 천직으로 여겨 농대로 옮겼다. 딸기 농사에 인생을 건 청년 농부 두현에게 힙합은 힘의 원동력이자 농사 일의 BGM이다. 식물이 자랄 때의 느림과 힙합의 빠른 랩의 조화를 사랑한다. 느림과 빠름의 미학에 심취해 오늘도 열심히 삽질 중!

12
NETHERLANDS

11 BELGIUM

10 FRANCE

9 ITALY

비상식량 농업 세계일주

TRAVEL MAP

비상식량 팀은 2013년 6월부터 2015년 8월까지
전 세계 12개국의 농가를 찾아 세계일주를
떠났다. 일본을 시작으로 호주, 태국과 라오스를
비롯한 동남아시아, 그리고 유럽의 농가들에서
농부들과 함께 땅 파고 삽질하며 꿈을 찾아 떠난
600일간의 여정이다.

PART-1

농장 일을 찾아서, 호주

세계일주의 시작을 호주로 정한 데에는 두 가지 이유가 있다. 첫째는 농업 세계일주인 만큼 호주의 농장들을 돌아다니며 일을 하고 6개월 안에 세계일주 경비 1500만 원을 모으기 위해서다. 둘째는 세계 3대 공동체 중 하나라는 크리스탈 워터스 때문이다. 크리스탈 워터스는 세계 농업의 트렌드로 자리 잡고 있는 '퍼머컬처(Permaculture, 영속농업)'가 처음 시작된 곳이다. 세계 최초의 생태공동체. 이곳에서는 어떤 형태로 생산 활동을 하며 생계를 유지해 나갈까?

호주

AUSTRALIA

농장 일을 찾아서, 호주

모든 원칙은
무너지기 마련

2013년 12월 5일, 드디어 대망의 날이 밝았다. 친구들의 응원을 받으며 출국장을 나섰지만, 막상 비행기를 타고 가는 열 시간 동안 마음은 계속 좌불안석이었다. 너무 준비도 없이 뛰어든 것 아닐까? 역시 한국에서 좀 더 돈을 모아올 걸 그랬나?

비행기 표를 끊고 통장에 남은 돈은 딱 30만 원. 어림으로 계산해 보니 이 돈이면 호주에서 빠듯하게 3주를 생활할 수 있겠다. 사실 한국에서 경비를 좀 더 모아서 갈까 아주 잠깐 고민도 했다. 하지만 그러지 않기로 했다. 30만 원이라는 돈은 반드시 3주 안에 일을 구하겠다는 우리의 각오와 다짐이었다.

마침내 도착한 퍼스 시내는 그야말로 날씨가 끝내줬다. 파랗게 빛나는 하늘이 여행의 시작을 반겨주는 것 같아 불안했던 마음은 다 사라지고 흥분과 설렘으로 가득 찼다. 하석과 크게 파이팅을 외치며 백패커스(backpackers, 배낭여행자들이 주로 이용하는 저렴한 숙소)로 이동했다. 가장 저렴하다는 숙소를 골랐는데 생각보다 시설이 나쁘지 않았다. 하지만 도착하자마자 문화 충격에 휩싸이고 말았다. 목이 말라 물을 한 병 샀는데 3달러나 했다. 500밀리리터도 안 되는 물이 3천 원이나 하다니, 이러다간 3주는커녕 1주일도 못 버틸 것 같아 걱정이 앞섰다. 막막한 마음으로 가장 저렴하게 저녁을 해결할 방법을 고민하는데, 같은 백패커스에서 머무는 스즈키라는 친구가 3달러짜리 냉동피자를 파는 마트를 알려 주었다. 덕분에 물 한 병 값으로 저녁을 해결할 수 있었다. 역시 정보가 힘이다.

우리는 냉동피자를 나눠 먹으며 되지 않는 영어로 더듬더듬 대화를 나눴다. 스즈키는 캠코더를 들고 자기가 여행하는 모습을 하나하나 기록해 나가는 재미있는 친구인데, 일을 구하거나 히치하이킹을 할 땐 종이 박스로 만든 갑옷을 입고 다닌다. 박스 앞면엔 일을 구한다는 문장이, 뒷면엔 차를 태워달라는 문장이 적혀 있었다.

'바로 이거다!' 나는 스즈키가 여행 영상을 찍는 모습에, 하석은 스즈키의 갑옷에 감탄했다. 다음 날, 농장을 무작정 찾아가 보기로 한 우리는 스즈키를 떠올리며 히치하이킹을 시도했다. 그런데 웬걸! 몇 번이고 엄지를 척 내밀어 봐도, 초보 티가 팍팍 나는 우리의 엄지가 탐탁지 않은 듯 운전자들은 모두 외면하고 지나갔다. 몇 차례 더 시도하던 끝에, '히치하이킹에도 스킬이 필요하다'는 것을 인정한 우리는 그냥 4킬로미터 이내는 걷고 그 이상의 거리는 대중교통을 이용하기로 했다. 그렇게 우리는 여행의 시작과 함께 몇 가지 원칙을 세웠다.

1. 반드시 3주 안에 농장 일을 구해 세계일주 경비를 마련한다.
2. 4킬로미터 이하는 걸어가고, 그 이상은 대중교통을 이용한다.
3. 최저시급 이하의 일은 하지 않는다.

세 번째 원칙은 여행을 떠나기 전부터 각오했던 것이다. 한국에서도

농장 일을 찾아서, 호주

다양한 아르바이트를 했지만, 최저시급에 못 미치는 곳에서는 가급적 일하지 않았다. 부당한 대우에도 군말 없이 일한다면 그 부당함에 동의하는 사람이 될 것 같았기 때문이다.

우리가 제일 먼저 찾아간 곳은 퍼스 북동쪽의 스완밸리. 이곳에 포도 와이너리가 많다는 이야기를 들었다. 포도 농장에서 일하는 즐거운 상상에 발걸음이 가벼웠다. 마침내 도착한 마을 입구의 인포메이션 센터에 들어가 말을 꺼냈다.

"I want to farm working."

내가 문장으로 말할 수 있는 유일한 영어였다. 마음속으로 수백 번 되뇌었던 말인데도 목소리가 떨려 왔다. 60대쯤 되어 보이는 아주머니 한 분이 인자한 얼굴로 이런저런 이야기를 해 주셨다. 무슨 말인지 알아듣지 못해 식은땀을 뻘뻘 흘리며 듣고만 있었다. 한참을 듣고서야 겨우 어떤 이야기를 하시는지 느낌이 왔다. 지금은 비성수기라서 일이 없다는 뜻이었다.

어떡하지? 차비 들여 이곳까지 왔는데 그냥 포기할 수 없어 안내책자에 나와 있는 와인 농장에 연락해 보기로 했다. 입도 못 떼는 나보단 영어를 '좀' 하는 하석이가 전화를 걸었다. 그러나 열 곳 중에 절반은 받지 않았고 절반은 부족한 영어 실력으로 의사소통이 되지 않았다. 전화 구직은 그렇게 실패로 끝났다.

스완밸리에 다녀온 지 2주가 흘렀다. 그동안 일을 구하려고 노력했지만 실패의 연속이었다. 농장의 천국이라는 호주에서 이렇게 농장 일구하기가 힘들 줄은 정말 상상도 못했다. 발품도 팔아 보고, 한인 커뮤니티나 현지 구직사이트를 샅샅이 훑어 보며 농장에서 일하고 싶다는 이력서를 메일로 보냈다. 하지만 단 한 곳도 연락이 없었다.

계속 백패커스에 머물 수는 없어 우리는 한국인 가족이 사는 집에 작은 방을 하나 빌렸다. 방세는 1주일에 10만 원. 근처의 한인 마트에서 고추장, 간장, 참기름, 계란을 사 와 간장밥을 주식으로 먹고 시리얼과 식빵, 잼, 라면으로 하루하루 끼니를 해결했다.

사실 당장에라도 할 수 있는 일은 있었다. 호주 최저시급인 16달러보다 못한 13달러를 받으며 하는 일들이었다. 하지만 꿈을 핑계로 신념을 저버리고 싶지 않았다. 땀 흘려 일한 노동에 제값을 주지 않는 사회의 부조리와 타협하고 싶지 않았다. 급한 대로 당일 경기장 청소를 하며 근근이 생활비를 벌었다.

앞이 보이지 않는 터널을 걸어가는 것처럼 매일매일이 힘들었다. 문제는 명확했다. 영어 실력이 너무 부족하다는 것이었다. 말이 통해야 농장 일자리를 달라고 졸라 보기라도 할 텐데, 시도하기도 전에 막혀 버렸다. 두근거리는 일을 시작할 땐 앞뒤 가리지 않던 나도 점점 위축됐다. 뭐라도 해야겠단 생각이 들었다. 그래서 영어 공부를 시작했다. 애니메이션 한 편을 100번씩 보면서 베껴 썼다. 대사 한마디 놓치지 않으려고 입으로 따라 하면서 달달 외웠다.

적자-생존?!

결국 30만 원의 경비가 다 떨어졌다. 언젠가 농지를 구입하겠다고 1년 간 모아둔 적금 400만 원을 깨야 하나 고민을 시작했다. 30만 원으로 어떻게든 생존해 보겠다던 다짐을 깨고 싶지 않았다. 하지만 제대로 시작도 못한 농업 세계일주를 이대로 그만둘 수도 없었다. 고민은 오래가지 않았다. 취업 준비를 하려는 하석에게 지금이 아니면 세계를 여행할 기회가 없을 거라며 설득한 사람은 나였다. 호주에 온 지 3주 만에 빈손으로 한국에 돌아갈 순 없었다.

그래서 적금을 깼다. 그 돈으로 퍼스 근교 농장을 찾아다닐 수 있도록 호주 중고품 온라인 커뮤니티에서 270만 원을 주고 중고차 한 대를 구입했다. 차 주인은 한국인이었다. 호주에서 용접 일을 한다고 했다. 겉보기에도 튼튼하고 차 안도 깔끔했다. 출력도 좋아 잘나갔다. 차를 타고 다니며 일을 구하기 시작했다. 시내의 에이전시에도 가 보고 주변 지역도 돌아다녔다.

그러기를 1주일. 차 엔진 쪽에서 이상한 소음이 조금씩 들리더니 액셀러레이터를 밟아도 출력이 제대로 나오질 않았다. 정비소에 정비를 맡겼는데 벨트를 갈고 엔진도 손을 봤지만 소용이 없었다. 정비에만 100만 원이 들었다. 되는 일이 하나도 없었다. 답답하고 화가 났다.

그날 밤, 하석과 앞으로 어찌할 것인지 이야기를 나누었다. 둘 다 심정이 착잡하기는 마찬가지였다.

농장 일을 찾아서, 호주

"이대로 한국으로 돌아갈 순 없지 않나?"

그 말을 꺼내는 순간, 서로 눈이 마주쳤다. 그리고 한참을 크게 웃었다. 우리는 한국에 돌아갈 비행기 값도 없었던 것이다. '우선 여기서 어떻게든 살아남자'고 마음을 다잡았다. 한 가지 목적에 모든 신경이 쏠리고 나니 생각이 간결해지고 마음이 편안해졌다.

막막한 현실 앞에서 우리가 정한 원칙은 한 달만에 모두 깨졌다. 이제 일을 가리지 않고 생존하는 게 급선무였다. 나는 운 좋게 같은 집에 살던 친구에게 식자재 배달 일을 소개 받았고 거기에 청소 일을 더해 투잡을 뛰었다. 청소 일만 세 개나 하는 하석은 하루에 다섯 시간도 못 잤다. 매일 일을 마치고 돌아오면 쓰러져서 죽은 듯 자는 하석을 보면서 그저 고맙고 미안했다.

우리가 일하는 곳 중에는 최저시급도 안 주는 곳도 있었다. 제대로 된 농장 일을 구하지 못한 나의 능력 부족이 답답했고, 최저임금도 주지 않는 부당함에 타협한 것이 내내 마음에 걸렸다. 그럼에도, 그저 일을 할 수 있다는 사실만으로도 너무 감사했다. 태어나 처음 깨달았다. 일상이 무너질 때 사람이 얼마나 불행해지는지. 사람이 살아가는 데 필요한 기본, 맛있게 먹고 편하게 잘 수 있는 공간이 얼마나 중요한지.

그렇게 6개월, 닥치는 대로 일하며 우리는 드디어 1500만 원을 모을 수 있었다.

농장 일을 찾아서, 호주

두현의 합류

여행 경비를 모으는 6개월은 본격 호주 농업여행을 계획하는 시간이기도 했다. 처음 계획했던 대로 서호주에서 동호주에 위치한 크리스탈 워터스까지 이동하면서 여행도 하고 농장들을 방문할 생각이었다. 그리고 내게는 또 하나의 원대한 계획이 있었으니… 바로 영상 촬영이었다!

사실 일본 여행을 떠나기 전부터 나는 우리의 여행을 영상으로 기록해, 여행이 끝나면 우리가 살고 있는 경남 지역의 시청자 참여 프로그램에 낼 요량이었다. 첫날 백패커스에서 만난 스즈키를 보면서 그 의지는 더욱 불타올랐다. 그런데 단 둘뿐인 상황에서는 영 그림이 나오지 않을 것 같았다. 내가 촬영을 하면, 카메라에 하석이 혼자 썰렁하게 남는 것이 계속 마음에 걸렸다. 그때 번뜩 두현이 떠올랐다.

두현은 여행을 떠나기 1주일 전, 진주의 한 중고서점에서 지인의 소개로 처음 만났다. 하석과 내가 농업 세계일주를 떠난다고 하자, 우리와 똑같이 농업을 공부하러 세계여행을 떠나려는 친구가 있다고 소개해 준 것이다.

첫 만남부터 두현이 엄청나게 뜨거운 친구라는 것을 알 수 있었다. 진한 눈썹 탓에 첫인상이 강해 보인 것도 있지만, 자신이 사는 산청 강누마을을 젊은 농부가 가득한 곳으로 만들고 싶다고 말하며 활활 타오르는 눈빛에 나와 같은 꿈을 꾸고 있는 친구라고 확신했다. 한 시간의

짧은 만남이었지만, 이후에도 우리는 페이스북으로 계속 연락을 주고
받았다. 너무나 강렬했던 만남. 부모님의 딸기 농장을 이어받는 것이 꿈
인 두현이라면, 농업 세계일주를 하는 비상식량 멤버로 제격이 아닌가!
곧 필리핀에서 3개월의 어학연수를 끝내고 뉴질랜드로 농업여행을 떠
날 것이라는 그에게 호주에서 시작하는 농업 세계일주를 제안했다.

"얼마나 다닐 겁니까?"

"정해진 기간은 없어요. 돈이 모이면 출발하고, 돈이 떨어지거나 50
개국 농장들을 방문하고 나면 끝나겠죠."

"근데 갑자기 이렇게 같이 가자고 하는 이유가 있습니까?"

"혼자 하면 재미없지 않겠습니까? 그리고 무엇보다 같은 관심을 가
진 사람을 만나기 쉽지 않으니까요. 잠깐 만났지만, 우리랑 굉장히 잘
통할 것 같았거든요."

"그럼, 마 갑시다. 대신 나중에 후회하지 마세요. 제가 일을 좀 잘
벌리는 편입니다."

그렇게 두현이 합류했다. 결정을 내리기까지 얼마나 많은 고민을 했
는지 목소리만으로도 알 수 있었다. 사실 주변에서 반대도 많았다고 한
다. 그럼에도 불구하고 자신의 목소리에 귀를 기울이고 마음이 가는 곳
으로 온 그가 정말 반가웠다.

번더버그 딸기 농장

드디어 본격 농업여행이 시작됐다. 그 대장정을 앞두고 우리는 다시 차를 한 대 구입했다. 퍼스에서 크리스탈 워터스까지는 대략 1만 3천 킬로미터. 차를 타고 여러 농장을 찾아다니며 구석구석을 여행하고 호주 전역에 퍼져 있는 우프(WWOOF, World-Wide Opportunities on Organic Farms, 농장 일을 거들어 주고 숙식을 제공 받으면서 농부들의 철학을 배우는 프로그램) 농가들을 방문할 계획이었다.

90일간의 로드트립이 시작됐다. 제일 먼저, 우프 게스트로 등록하기 위해 우프 책자를 각자 70달러에 구입했다. 그리고 책자에 적힌 농부들에게 농장 일을 배우고 싶다고 메일을 보냈다. 퍼스에서 출발해 다윈까지 가면서 우프 농장 40여 곳에 메일을 보냈는데, 대부분 답변이 없거나 거절 메일이 돌아왔다. 답답한 마음에 소도시의 인력중개소를 찾아가 농장 일이 있냐고 물어도 봤지만 자리가 없다고 했다.

그렇게 33일을 달려서야 우리는 드디어 번더버그에 도착했다. 번더버그는 퀸즐랜드에서도 농장 일을 구하기 쉽다고 알려져 있는 곳이다. 지금까지 총 43개의 농장에서 거절을 당한 우리는 백패커스 중에 농장 일을 연결시켜 주는 곳이 많다는 정보를 들었다. 그래서 차를 타고 번더버그의 백패커스를 돌아다니기 시작했다. 그러다 한 백패커스 앞을 지나는데 입구에 밴이 늘어서 있는 모습이 마치 인력소개소 같아 보였다. 아니나 다를까, 현관에 들어서자마자 직원이 우리에게 일을 할 거냐고 물어보는 게 아닌가! 사실 '농장에서 일하게 해 달라' 부탁하려 했는데, 말도 꺼내기 전에 이곳은 일을 하는 사람만 머물 수 있다고 으름장을 놓으니 적잖이 당황스러웠다. 그 기세에 짓눌려 잠깐 상의를 했다. 그토록 찾아 헤맸던 농장 일을 앞두고 목소리에 기대와 걱정이 묻어 나왔다. '농장 일은 온몸이 찢어지는 듯한 고통을 느낀다던데?' 따위의 말들을 주고받는 것도 잠시, 당장에 시작하기로 했다.

번더버그 딸기 농장에서 일한 지 4일째. 이곳은 5천 평 규모의 농장인데, 호주 기준으로는 작은 편에 속한단다. 매일 아침 여섯 시 반부터 일을 시작하는데, 서른 명 정도의 사람들이 바퀴가 세 개 달린 트레일러를 타고 밭고랑을 다니며 딸기를 딴다. 딸기를 수확하면 킬로그램당 우리 돈으로 650원 가량을 받을 수 있다. 아직은 딸기가 많이 맺히지 않아 보통 오전 중에 일이 끝난다. 때문에 대부분의 청년들이 하루 생활비도 채 벌지 못한다. 그런데도 이곳은 몰려드는 워홀러들로 인력이 끊이지 않는다. 최대 1년인 워킹홀리데이 비자를 1년 더 연장하는 세컨비자를 받고자 이들은 이를 악물고 농장에서 3개월을 버틴다. 이들 대부분은 농장 일에 관심이 없다. 특히 이 농장의 경우 딸기 수확량에 따라 일당을 지급하기 때문에 다들 더 많은 딸기를 따느라 정신 없었다.

첫날 딸기 따는 법과 고르는 법을 배웠는데, 4분의 3 정도 빨갛게 익은 것들을 따면 되고 딸기에 상처가 나지 않게, 그리고 꼭지는 1센티미터 이상을 남기지 말아야 한다. 하지만 대부분이 딸기를 조심스럽게 다루지 않고 그냥 막 땄다. 딸기가 상처 받든 상품성이 떨어지든 신경 쓰지 않았다. 한국에서 부모님을 도와 딸기를 따 본 두현이의 말에 따르면 저런 식으로 따면 한국에선 제값을 받고 팔기가 힘들단다. 한국은 시설 재배로 딸기를 하나하나 정성 들여 키우는 반면에 여긴 '방목'식 재배라 그런지 질보단 양으로 승부하는 듯했다. 환경이 달라서인가, 한국의 딸기보다 단맛이 약했다.

우리는 서두르지 않고 일하며 흙의 상태, 딸기 품종, 생육 상태, 수확 방식, 두둑의 높이, 가공과 생산 과정, 유통, 직원 관리, 조직도까지 하나도 놓치지 않고 몸으로 느끼고 습득해 가고 싶었다. 특히 두현은 경작 시설과 포장, 유통까지 할 수 있는 시설을 갖춘 농장을 구석구석 눈에 담으려고 눈을 부릅떴다. 오전 일찍 일이 끝나는 게 아쉽기만 했다.

일이 끝나면 백패커스에 함께 머무르는 친구들과 공을 차고 놀거나 이야기를 나누었다. 대부분이 유럽에서 온 또래 청년들이었다. 국적도 성별도 생김새도 다 다르지만, 이곳에서는 다 같은 노동자다. 어느 날은 각 나라의 청년실업 이야기가 나왔는데, 현재 이탈리아는 청년실업률이 40퍼센트에 달한다고 했다. 충격이었다. 유럽의 나라들은 다 잘 사는 줄만 알았는데, 이탈리아에서 청년으로 살아간다는 건 정말 힘들 것 같았다. 그래서인지 몇몇은 호주에서 영주권을 받아 살고 싶다고 했다. 시간 가는 줄 모르고 이야기를 하다가도 밤 열 시가 되면 모두 약속이라도 한 듯 잠자리에 들었다. 새벽이 되면 다시 농장으로 출동해야 하기 때문이다. 일을 찾아 헤매는 나날이 얼마나 힘든지 우리 또한 알고 있다. 내일 아침, 할 일이 있다는 사실에 그저 감사했다.

농장 일을 찾아서, 호주

블로그에 올린 호주 로드트립 영상을 보고 한국의 한 영화제작사에서 연락이 왔다. 비상식량의 농업 세계일주를 다큐멘터리 영화로 제작하고 싶다는 것이었다. 과연 농업여행 이야기를 사람들이 봐 줄까? 부담도 있었지만 재미있을 것도 같았다. 어릴 적 꿈 중에 영화 감독과 시나리오 작가도 있었다. 그래서 슬그머니 욕심이 났다. 하석과 두현은 걱정이 많은 듯했지만 두 사람을 설득해 한번 시도해 보기로 했다. 이제 우리도 영화 배우가 되는 건가?

세계 3대 공동체,
크리스탈 워터스 입성

누구나 여행의 이유가 있다. 우리에게는 세계 3대 공동체라는 '크리스탈 워터스'가 바로 그 이유였다. 농업 세계일주를 결심하고, 첫 여행지를 호주로 정한 까닭도 이곳을 보기 위해서였다. 그리고 드디어 크리스탈 워터스에 도착했다. 입구에서 캠핑장까지 들어가는 길, 야생 캥거루들이 우리를 반겨 주었다. 내내 왜 이곳이 생태공동체라 불리는지 궁금했다. 퍼머컬처의 원리에 따라 마을을 설계했다는데, 그 실제 모습은 어떨까?

전체 대지 295헥타르(약 90만 평), 놀라운 사실은 대부분의 땅이 마을 공유지라는 것이다. 가장 인상 깊었던 것은 급수 시설이었다. 크리스탈 워터스는 모든 물을 마을 내에서 자급자족하고 있다. 마을 곳곳에 만들어 둔 여덟 개의 인공 댐과 두 개의 큰 강에서 급수가 이루어진다. 집집마다 강물을 저장하는 탱크와 빗물을 저장하는 탱크가 따로 있고, 강물 탱크와 빗물 탱크 각각 하나로 5인 가정에 물을 공급할 수 있다. 강과 댐의 물은 펌프로 끌어올려 쓰는데 낮은 위치에 있는 집은 펌프 없이 탱크로 물을 흘려보내 쓰고 있다. 이 물은 식수보단 설거지나 샤워, 화장실에 이용하고, 빗물은 지붕의 처마를 이용해 탱크로 모은 뒤 정수 필터에 한 번 걸러 식수로 이용한다. 모든 물을 자연에서 얻는 것이다.

이곳 사람들은 물을 결코 함부로 쓰지 않는다. 두 싱크대에 물을 채워 아침, 점심, 저녁의 설거지를 한꺼번에 하고, 화장실에서도 소변은 스프레이형 약품으로 거품과 냄새를 제거하고 대변을 볼 때만 물을 내린다. 비위생적이냐고? 솔직히 처음엔 더럽게 느껴졌다. 하지만 금세 이 친환경 방식에 적응됐고 비위생적이란 생각이 머리에서 사라졌다. 특히 설거지는 물과 세제를 과하게 쓰던 때보다 더 건강에 이롭다는 생각이 들었다. 화학약품으로 만든 세제가 우리 몸에 좋지 않은 건 당연한 사실이니까. 물을 아껴 쓰다 보니 나름의 뿌듯함도 느꼈다. 그동안 필요 이상의 자원들을 소비하던 내가 새삼 부끄러웠다.

또 하나 인상적인 것은 음식물 찌꺼기 처리 방법이었다. 이곳에서는 먹고 남은 음식물 찌꺼기로 웜주스를 만든다. 웜주스는 지렁이가 음식물을 분해할 때 나오는 액체 상태의 비료를 말한다. 음식물 찌꺼기로 만든 웜주스는 모종을 키울 때 영양제로 그만이다. 친환경적이고 생태순환적인 방식인 것이다.

마을에서 키우고 있는 작물의 씨앗은 30분 거리에 있는 멜라니에 위치한 그린 하비스트(Green harvest)라는 회사에서 대부분 구입한다고 했다. 그린 하비스트는 크리스탈 워터스에 사는 공동체 구성원이 만든 회사로, 유기농업에 필요한 다양한 농기구와 씨앗, 모종, 퇴비를 개발하고 제공한다. 홍성과 일본에서도 느꼈지만, 농사가 전부가 아니란 것을 다시 한 번 실감했다. 단순히 건강한 농작물을 거두는 것만 중요한 게 아니라 가공, 유통, 판매까지 제반 환경을 모두 아우르는 농업경영과 시스템 구축이 필수다. 그리고 이런 것들은 혼자 힘으로는 이뤄 낼 수 없다. 왜 사람들이 마을과 공동체를 이루며 살아가는지 알 것 같았다.

Visitors Camping Area →
← Lots 49-85 · Lots 39-47 →

폴 아저씨의 우프 농장

크리스탈 워터스에 도착한 다음 날, 우리는 곧장 우프 농가를 찾으러 마을 사무소를 찾아갔다. 1주일 중 유일하게 사무소의 문을 여는 날이라는 이야기를 듣고 일부러 아침 일찍 찾아갔는데, 너무 일찍 온 것인지 문은 굳게 닫혀 있었다. 주변을 기웃거리고 있는데 베이커리라고 적힌 아담한 집에서 아저씨 한 분이 나오셨다. 우리 사정을 들으시고는 딱했는지 농가 두 곳의 전화번호를 적어 주시곤 들어가셨다. 그리고 잠시 광장을 둘러보고 있는데, 다시 그 아저씨가 오시더니 저 멀리 커뮤니티 가든에 있는 '폴' 씨에게 한번 이야기해 보라고 말씀해 주셨다.

하지만 그렇게 찾아간 폴 아저씨도 일손이 필요하지 않다고 했다. 여기에서도 농장 일 찾기는 실패란 말인가. 차마 발걸음을 떼지 못하고 서성이는 모습이 안쓰러워 보였던지, 아니면 농업 세계일주를 하고 있는 우리 이야기가 마음에 드셨던 건지 이내 폴 아저씨는 마음을 바꿔 우프를 승낙해 주셨다. 드디어 크리스탈 워터스에서 꿈에 그리던 생애 첫 우프를 경험하게 된 것이다!

폴 아저씨의 집은 높은 아치형 지붕에 꼭 동화 속에나 나올 법한 모습이었다. 목재와 대나무를 기본 구조 삼아 자갈과 조개껍데기를 섞은 석회로 집을 지었는데 굉장히 독특했다. 홀을 기준으로 양쪽에 방이 날개처럼 하나씩 있고 입구 왼쪽에는 2층 다락방이 있다. 집 안뜰로 들어

가면 언덕 아래로 작은 댐이 보인다. 이곳 크리스탈 워터스에 있는 여덟 개의 댐 중에 가장 큰 댐이라고 한다. 언덕을 내려가는 길에는 아담한 정원이 펼쳐져 있다.

다음 날 아침, 분주하게 움직이는 폴 아저씨를 거드는 것으로 일을 시작했다. 저녁에 배달할 옐로 진저와 오렌지 진저 그리고 야콘을 정성스럽게 다듬는 것이 우리에게 주어진 첫 일이었다. 야콘은 겉모습은 고구마 같고 맛과 식감은 사과처럼 아삭하고 달콤하다. 즙이 많아 갈증 해소에 좋은 작물이다. 배달 준비를 끝내고 여러 농기구를 챙겨 어제 아저씨를 처음 만났던 커뮤니티 가든으로 이동했다. 커뮤니티 가든에는 마늘, 야콘과 같은 뿌리식물과 쌈채소까지 약 20여 종이 넘는 작물들을 키우고 있었다. 다작을 하면 작물끼리 서로 좋은 영향을 주기 때문에 이곳에서는 다작이 기본이라고 한다. 가든의 크기는 100평 정도, 모든 작물에 일체 화학비료나 농약을 사용하지 않는다. 우리가 일하러 갔을 때는 겨울이 끝나가는 시기였기 때문에 겨울 작물의 수확을 마친 상태였다. 수확이 끝난 곳을 정리하고 작물을 심는 것이 우리가 할 일이었다.

그 다음으로 맡은 임무는 수확이 끝난 바질에서 씨앗을 회수하는 일이었다. 바짝 마른 꽃잎을 손으로 긁어모아 통에 담아 씨앗을 모으고, 남은 바질은 뿌리를 뽑아 잡초더미에 올리면 되는 간단한 일이었다. 다음으로는 농사에서 가장 중요하면서도 가장 번거로운 잡초 제거. 텃밭 전체의 잡초를 뽑아 한곳에 모아 두는데, 이렇게 모아 놓은 잡초를 한 달에서 석 달 정도 후에 퇴비로 이용한다. 텃밭 안에서 씨앗, 파종, 재배, 수확, 퇴비까지 모든 걸 해결하는 것이다. 일을 모두 마치고 정리를 했더니 한 시. 폴 아저씨는 혼자서는 1주일이 걸리는 일을 우리 덕분에 하루 만에 끝냈다며 칭찬해 주셨다.

오전 일과로 하루의 일이 모두 끝났다. 이게 우프의 룰이다. 하루 네 시간에서 여섯 시간 정도 일을 하고 숙식을 제공 받는다. 아저씨의 텃밭에서 쌈채소를 따서 점심을 먹으러 이동했다.

점심은 치즈, 참치 캔, 비스킷, 방울토마토, 비트, 야콘, 파, 쌈채소까지 채소 중심의 식단이었다. 폴 아저씨와 제니 아주머니는 채식주의자다. 완전 채식주의자이신 제니 아주머니와는 다르게 폴 아저씨는 달걀과 치즈, 생선은 드신다고 했다. 우리는 카멜레온과 같은 적응력을 보여드리기 위해 함께 채식에 도전하기로 했다. 쌈채소에서 매운 맛, 쓴 맛, 신 맛, 단 맛이 다 난다는 것이 신기했다. 이것저것 입에 넣어 한꺼번에 씹으니 마치 무지개 맛이 느껴지는 듯했다.

점심을 먹고 둘러앉아 폴 아저씨의 인생 이야기를 들을 수 있었다. 폴 아저씨는 스물여섯의 나이에 영국에서 호주로 건너왔다. 건축 일을 하며 자식들을 키우다 보니 25년이 정신 없이 지나갔단다. 폴 아저씨 또한 젊었을 때 2년 정도 밴을 타고 호주를 여행한 적이 있었다.

"그때가 내 인생을 통틀어 가장 기억에 남는 사랑스러운 시간이었어. 너희도 지금 여행하는 순간을 최대한 즐기렴."

지금 이 순간이 삶의 가장 행복한 순간이 될 수도 있다는 폴 아저씨의 따뜻한 조언에 가슴이 뭉클해졌다.

농장 일을 찾아서, 호주

모두가 행복한 토요 마켓

크리스탈 워터스에서는 매월 첫째 주 토요일에 마켓이 열린다. 마을 주민들은 이 마켓에서 서로서로 물건을 판매하고 구입한다. 마켓뿐만 아니라 여러 시설과 프로그램도 잘 갖추고 있다. 마을 입구에 사무소, 베이커리, 커뮤니티 가든, 중고 판매장이 있고, 거주 주민이 아닌 방문객을 위한 캠핑장도 따로 마련되어 있다. 또 매주 금요일 저녁에는 커뮤니티 공간에 모여서 영화를 보기도 한다.

마침 운 좋게도 우리가 머물던 때가 마켓이 열리는 첫째 주였다. 금요일 저녁까지 폴 아저씨를 도와 마켓에서 판매할 모종들을 이식하고, 밭에서 수확해 온 작물들을 정성 들여 씻고 닦아서 포장했다. 아침 8시, 준비해 놓은 것들을 가지런히 정렬하는데 마음 깊이 자부심이 솟아났다. 우리 마음이 이럴진대 짧게는 한 달, 길게는 1년을 준비한 폴 아저씨의 마음은 어떠할까.

이른 아침부터 크리스탈 워터스 광장에 수십 개의 가판이 펼쳐졌다. 저마다 유기농 야채, 퍼머컬처에 관한 논문, 효소 음료, 히피 옷, 모종, 갓 구운 빵, 핸드메이드 액세서리 등을 진열하고 있었다. 푸른 잔디가 빼곡히 깔린 광장에는 크리스탈 워터스 주민들은 물론 멀리 브리즈번이나 선샤인코스트와 같은 도시에서 온 사람들로 가득했다. 잔디에 누워 있거나 따뜻한 커피와 갓 구운 빵을 들고 이야기를 나누는 사람들. 광장의 끝에는 유럽 영화에 나올 법한 이름 모를 악기를 든 사람들이 음악을 연주하며 흥을 돋우고 있었다. 한켠에는 아이들을 위한 이벤트도 열렸다. 삶은 달걀을 숟가락에 얹고 결승점을 향해 달리는 아이들, 포대자루에 들어가 토끼 뜀 뛰는 아이들과, 그 모습을 바라보며 웃음이 끊이지 않는 부모들의 모습이 보는 사람의 마음까지 행복으로 꿈틀거리게 만들었다. 마을 사람들의 얼굴에도 건강한 미소가 가득했다. 다들 물건의 판매나 구입보단 즐기는 데 더 관심이 많아 보였다. 폴 아저씨의 가판대에 상품 진열을 도와드리고 마켓을 둘러보았다. 빵집과 유기농 채소 상점을 지나 퍼머컬처를 연구하는 로빈 아저씨의 가판대에서 여러 가지 논문들을 구경하는데, 저 멀리 맥스 아저씨가 보였다.

크리스탈 워터스는 약 30년 전 시드니에서 공동체 마을에 관심 있는 사람들이 모여 만든 동호회에서 시작됐다. 이 동호회의 회원 수는 대략 마흔 명. 함께 공동체를 만든다는 목표 아래 돈을 모으고 설계를 했다. 하지만 점점 회원 수가 줄었고 마지막엔 네 명의 회원만이 남았다고 한다. 이 네 명이 바로 크리스탈 워터스를 만든 최초의 설립자들이다. 그리고 이 최초의 설립자 중 한 사람이 맥스 아저씨다.

네 사람은 마을을 설립할 터전을 찾아다니다 시드니에서 1000킬로미터나 떨어진 이곳 크리스탈 워터스에 왔다. 여기에 마을을 설립해야겠다고 확신했지만 자금이 부족했다. 그래서 기획안을 들고 발품을 팔며 입주희망자를 모집하고 기금을 마련했다. 그로부터 10년이란 긴 세월이 흘러서야 크리스탈 워터스가 완공되었다고 한다.

30년간 한 가지 꿈, '공동체 마을을 만들겠다'는 꿈으로 보낸 삶이라니! 그 기간 동안 얼마나 많은 설렘과 흔들림과 좌절이 있었을지 상상조차 가지 않았다. 우리도 농업 세계일주라는 꿈을 이루기 위해 경비를 모으면서 힘들 때가 많았다. 특히 배달 일을 할 때는 눈코 뜰 새 없이 바빴고 포기하고 싶을 때도 있었다. 식비를 아끼기 위해 끼니를 빵으로 때웠고, 식사가 부실하다 보니 일하다가도 몇 번이고 어지러움을 호소했다. 그럴 때면 내가 대체 왜 이러고 있나 회의가 들기도 했다.

맥스 아저씨도 이런 생각을 수백 번도 더 하지 않았을까? 그 무수히 힘든 시간들을 어떻게 넘겨왔을까? 이제는 세계에서 가장 유명한 공동체 중 하나가 된 크리스탈 워터스를 보면 무슨 생각이 들까? 아직은 내가 이해할 수 없는 감정들일 것이다.

유기농업과 생태공동체에 관심이 많지만 나는 여전히 '이게 현실적으로 가능한 일일까'라는 생각이 항상 머리에 가득하고 '그 삶은 만족스러울까'라는 의문도 든다. 내가 정말 농부로 살아갈 수 있을까? 그게 궁금해서 이 여행을 시작했는지도 모른다. 크리스탈 워터스와 맥스 아저씨는 그런 나의 불안한 마음에 희망이라는 작지만 단단한 씨앗 하나를 던져 주는 것만 같았다.

농장 일을 찾아서, 호주

휴식도 삶의 일부다

크리스탈 워터스에 머무는 동안 폴 아저씨와 제니 아주머니의 삶을 곁에서 지켜보면서 한 가지 놀라웠던 점은, 두 분이 수면과 휴식에 정말 많은 시간을 할애한다는 것이었다. 아침 일찍부터 시작하는 부지런한 농부의 삶을 당연하게 생각하던 내게 휴식을 아주 중요하게 생각하는 두 분의 삶은 약간 충격이었다. 어느 순간부터 나는 잠에 많은 시간을 투자하면 마치 죄를 짓는 듯한 기분이 들었다. 자는 시간에 다른 배움을 얻지 못하면 같은 또래의 친구들에게 뒤처진다는 강박 관념에 편히 잘 수 없었고 어떻게든 잠을 줄이고자 했다. 하지만 이분들의 생활을 가까이서 지켜보며 잠과 휴식도 삶의 일부라는 생각이 들었다.

폴 아저씨는 농장 일을 할 땐 황소처럼 일하고, 여유를 즐길 땐 아주머니들 못지 않게 수다스럽다. 그런 폴 아저씨 또한 젊은 시절엔 일과 돈밖에 모르고 살았다고 한다. 하지만 그런 삶이 마음과 정신을 피폐하게 만들었다. 스트레스와 건강 악화로 지칠 대로 지쳐서 몸과 마음의 여유를 찾아 이곳으로 왔다는 아저씨는 우리에게 몇 번이고 말씀하셨다.

"돈을 쫓아가지 말고 가슴 뛰는 일을 해라. 그리고 모든 열정을 그곳에 쏟아부으면 행복한 삶을 살 수 있을 거다."

크리스탈 워터스에서의 2주는 빠르게 흘러갔다. 열심히 일하고, 충분히 쉬는 동안 정말 많은 생각을 했다. 나는 농업 세계일주에서, 공동체에서 무엇을 보고 싶은 걸까? 농사가 정말 내가 바라는 일일까? 한국에서 농부로 어떤 삶을 살아가고 싶은 건지, 농부로 살며 가족을 부양하고 생계를 유지해 나갈 수는 있을지. 생각을 하면 할수록 두려웠다.

농부로 살기로 선택한 내 삶을 후회하지는 않을까? 이런 의문들이 꼬리를 물 때, 폴 아저씨는 마치 속마음을 읽기라도 하신 듯 내게 가슴 뛰는 일을 하라고 조언을 해 주신 것이다.

어느덧 떠나갈 시간이었다. 살면서 사람과의 인연에 대해 깊이 생각해 본 적이 없었는데, 막상 크리스탈 워터스를 떠나려니 인연이 무엇인지 알 것 같았다. 머나먼 대륙 호주, 그 속에서도 무려 크리스탈 워터스까지 와서 폴 아저씨와 제니 아주머니를 만난 건 인연이란 단어가 아니고선 어떻게 설명이 가능할까. 두 분은 우리에게 정말 값진 경험과 시간을 선물해 주셨다. 이곳에 머물면서 '일'을 할 수 있다는 것에 행복을 느꼈고, 농사가 얼마나 건강한 행위인지 흙의 위대함을 확인했다.

팔을 흔들며 배웅해 주시는 제니 아주머니와 인사를 나누고 폴 아저씨에게도 작별 인사를 하러 아저씨가 있는 이웃 마을 마켓으로 찾아갔다. 아저씨와 포옹을 나누는데 다들 눈빛에 아쉬움이 가득했다. 2주 동안 서로의 음식과 문화, 삶을 나누고 같이 땀 흘리고 일했던 시간들이 스쳐 지나갔다. 지나간 시간들이 아까웠다. 더 열심히 일을 돕지 못해 아까웠고, 더 많은 이야기를 나누지 못해 아까웠다. 다시 볼 기회가 좀처럼 없을 것을 서로 알고 있었지만 언젠가 다시 보자는 가벼운 인사로 길을 떠났다.

농장 일을 찾아서, 호주

숲속의 사막 피나클스,
120킬로미터의 조개무덤으로 이루어진 쉘비치,
4억 년 전 생물의 흔적을 그대로 품고 있는 칼바리 국립공원,
돌고래와 바다거북의 서식지 샤크베이,
황금빛 노을이 아름다운 브룸,
서호주 최대의 미개척지대 킴벌리,
북쪽의 다윈, 산호 숲 케언즈, 브리즈번, 시드니, 에들레이드.
왜 사람들이 호주를 로드트립의 성지라 부르는지 알 것 같았다.
차를 타고 다니며 멈춘 곳곳에 태초의 자연이 있고,
그런 태초의 자연에 땅의 거대한 에너지와 생명의 신비가 숨어 있었다.

PART-2

유기농 농업 교육에 미래를 걸다, 동남아시아

동남아시아는 개발이 더딘 만큼 가난한 국가와 지역이 많다.
하지만 그만큼 자연 환경이 보존되어 있어 여행할수록 이들
지역의 농업에는 희망이 있다는 생각이 들었다.
퍼머컬처를 받아들이고, 환경을 보호하면서 자연과 더불어
살아가는 동남아시아의 농장들과 공동체들에서 우리는
농업은 인간의 삶을 지탱하는 근간이며 농업 교육이야말로
사람들의 미래이자 희망이라는 사실을 배웠다.

인도네시아

INDONESIA

유기농 농업 교육에 미래를 걸다, 동남아시아

녹색 지도자를 키우는
그린스쿨

인도네시아 발리 공항. 우기의 발리에는 비가 억수같이 쏟아지고 있었다. 숙소로 향하는 내내 하늘에 구멍이 난 듯했고 무릎까지 물에 잠겼다. 우리는 호주에 머물던 때부터 '더러닝팜(The Learning Farm)'에 가고 싶어 연락을 했지만 3주째 아직 확답을 받지 못한 상태였다. 일단 휴식기라는 핑계로 발리에서 답을 기다려 보기로 했다.

3일쯤 쉬고 나니 슬슬 발리의 농장이나 농업 관련 기관, 학교를 찾아가 보자는 의견이 나왔다. 검색창에 'Organic Farm', 'Eco Village' 같은 단어를 넣었더니 별다른 결과가 없었다. 그런데 'Green'이란 단어를 검색하니 '그린스쿨(Green School)'이란 곳이 나왔다. 사진과 소개를 보는데 벌써부터 심장이 두근거렸다. 하석이 사이트 이곳저곳을 살펴보고 그린스쿨을 설명해 주었다.

그린스쿨은 발리에서 20년 넘게 보석 사업을 하던 존 하디, 신시아 부부가 2006년 설립한 곳이다. 홈스쿨링으로 공부하던 딸이 학교에 다니고 싶다고 말한 것이 그 시작이었다. 부부는 앨 고어의 〈불편한 진실〉이란 책을 읽고 자신들만의 목표를 담아 그린스쿨을 만들었다. 그렇게 발리의 숲 속에 아이들이 자연에서 뛰어놀 수 있는 학교가 탄생했다. 그린스쿨에는 교육의 벽이 없다. 전 세계에서 온 다양한 국적의 아이들이 자연 자원을 활용한 프로젝트와 비즈니스 모델을 배운다. 교육 목표는 아이들을 녹색 지도자로 키워 내는 것.

바로 찾아가 보기로 했다. 우붓에 있는 숙소에서 오토바이로 30분 정도 달리니 울창한 숲 속에 그린스쿨이 있었다. 한국에서 봤던 대안학교와 비슷할 거라 생각했지만 또 다른 느낌이었다.

그린스쿨은 지속가능성을 높이기 위한 여러 가지 프로젝트를 진행하고 있다. 태양전지 패널, 물의 흐름을 이용한 미니 하이드로 소용돌이, 그리고 폐식용유를 활용해 운행하는 바이오 버스 등으로 '에너지 자립'을 위한 기반을 마련했다. 또 '식량 자립'을 위해 다양한 작물을 키우고 있다. 멀칭(mulching, 농작물 재배 시 땅을 덮는 일)은 지푸라기와 나뭇잎을 엮어서 씌운다. 온실 역시 한국에서 흔히 사용하는 비닐 대신 대나무로 기둥을 세우고 투명 플라스틱 판넬을 지붕에 얹어 친환경 그린하우스를 만들었다. 또 폐기물 관리 센터의 음식물 찌꺼기와 소의 분뇨로 유기농 퇴비를 만들어 사용한다.

3~4층 높이의 학교 건물 골조도 모두 대나무다. 대나무 기둥의 둘레가 성인 남성의 허리 둘레와 맞먹었다. 이게 인도네시아 발리의 전통 건축 방식이란다. 대나무로 이 정도의 건물을 지을 수 있다니! 건물은 하늘에서 보았을 때 달팽이나 나뭇잎 같은 자연의 모습을 닮았다. 학교 건물이나 그린하우스뿐만이 아니다. 아이들이 사용하는 악기, 수력발전에 필요한 장치, 학교와 외부를 이어주는 다리, 퇴비장, 화장실, 심지어 현금인출기까지, 그 모든 것을 주변의 자연 자원을 활용해 만들었다.

이곳을 둘러보는 동안 아이들과 최대한 접촉을 자제해 달라는 말을 들었다. 그런데 딱 한 번, 아이들과 만날 수 있는 시간이 있었다. 스

유기농 농업 교육에 미래를 걸다, 동남아시아

무 명 정도의 사람들과 함께 학교를 둘러보는데, 중학생 정도로 보이는 한 무리의 아이들이 다가왔다. 아이들은 '바이바이 플라스틱 백(ByeBye Plastic Bag)'이라는 프로젝트를 진행하고 있다며 우리에게 기부를 부탁했다. 비닐 사용을 줄이고 친환경 가방을 이용하자는 취지의 프로젝트란다. 이렇게 어린 나이에 사회 문제를 인식하고 이를 프로젝트로 이어 가려는 작은 요정들이 너무나 자랑스러웠다. 우리만 그렇게 생각하는 게 아닌지, 아이들을 바라보는 다른 방문객들의 눈빛에서도 대견함과 흐뭇함이 묻어났다. 아이들은 이런 교육과 프로젝트를 통해 자연스럽게 자신이 하고 싶은 일을 찾아갈 것이다. 그린스쿨에서 녹색 지도자를 길러 낸다는 말이 이런 것이구나!

종일 놀라움에 입을 다물 수 없었다. 아이들은 이곳에서 자연에 마음을 쓰고 자연을 지켜 나가는 법을 배우며 지속가능한 삶을 온몸으로 느낀다. 이곳은 세상이 추구하는 가치에 얽매이지 않는다.

이곳을 만든 사람도, 이곳에서 교육 받는 아이들도, 아이들을 지지해 주는 부모님도, 그리고 이들을 후원하는 세계의 많은 사람들도 존경스러웠다. '내가 어릴 때 이런 곳에서 공부했다면 어땠을까?' 하는 마음이 자꾸 일었다. '언젠가 나도 아이를 낳으면 이곳에서 배우게 해 주고 싶다'는 마음과 함께.

스테판의 유기농 농장

그린스쿨을 다녀온 우리는 신이 났다. 비슷한 곳이 더 있지 않을까 싶어 발리 구석구석을 다녀 보기로 했다. 그러다가 우연히 '이뎁(IDEP)'이라는 생태학교에서 일하는 한 선생님의 추천으로 스테판의 농장을 방문했다.

스테판의 농장은 우붓의 몽키포레스트 근처에 있다. 스페인에서 왔다는 스테판은 참 매력적인 사람이었다. 부드러우면서 힘 있는 악수에서 저절로 신뢰감이 느껴졌고, 흥얼거리며 일하는 모습에서 흙 만지는 일에 대한 애정이 느껴졌다. 농사를 지은 지는 이제 겨우 1년. 그 역시 우리처럼 아직 배우는 중이다. 그는 인도네시아 사람들의 자연분만을 돕고 있는 '야야산 부미 세핫(Yayasan Bumi Sehat)'이라는 자선단체에 자신이 직접 키운 농작물을 공급하고 있다. 농사를 지으면서 주변 마을 아이들에게 영어와 유기농업을 가르치기도 한다. 수익을 가져다 주진 않지만 그에게는 가치 있고 의미 있는 활동들이라고 했다.

발리에 있는 내내 비가 왔는데 그날도 어김없이 비가 내렸다. 스테판은 발리가 강수량이 많기 때문에 농사짓기 힘들다고 말했다. 농작물이 자라기 위해선 공기와 물이 순환할 수 있는 공간이 필요하기 때문에 땅이 말랑말랑한 게 좋다. 하지만 비가 많이 내리는 발리는 땅이 다져져서 순환이 잘 안 된다. 또 땅에 공간이 없다 보니 식물이 크면서 뿌리를 내리기도 쉽지 않다. 하지만 한편으로는 농업용수를 걱정하지 않아도

된다. 스테판의 농장에서는 창고의 처마를 활용해 빗물통에 빗물을 저장한다. 이 물로 건기 때 농사를 짓는다.

스테판은 쉴 새 없이 그가 알고 있는 것들을 쏟아 냈다. 특히 식물과 어류를 함께 키우는 생태순환형 농법인 '아쿠아포닉스(Aquaponics)'에 대한 이야기가 인상 깊었다. 농업을 공부한 두현에 따르면 외국에서는 조금씩 이슈가 되고 있는데 아직 한국에는 많이 보급되지 않았다고 한다. 아쿠아포닉스란 아쿠아컬처(Aquaculture, 양식)와 하이드로포닉스(Hydroponics, 수경 재배)를 합친 단어이다. 아쿠아포닉스 상단부에는 토양 없이 액비와 물을 이용해 작물을 키우고 하단부에는 어류를 키운다. 바이오필터를 활용해 어류의 배설물을 식물이 흡수할 수 있는 질소질 이온으로 변화시키면 식물이 뿌리로 흡수하고 생장하는 것이다.

그는 최근에 그린스쿨에서 아쿠아포닉스를 배웠다며 자신의 농장에도 곧 만들어 볼 거라고 했다. 나는 흙이 없으면 작물이 생장할 수는 있어도 필요한 모든 원소를 갖추지 못한다는 것을 알기에 조금 아쉽다고 생각했다. 하지만 농약을 사용하지 않아 땅이 오염되는 걸 방지하기 때문에 한국처럼 산이 많고 평지가 좁은 지형에서는 효율적인 농법이 될 것 같았다.

농업을 사랑하고 흙과 함께 살아가는 사람을 만난다는 건 행복한 일이다. 대화를 나누는 내내 그와 우리의 눈에 빤짝빤짝 생기가 돌았다. 헤어질 때는 서로의 농사를 잘 지켜 나가자는 힘찬 악수를 나누었다.

이뎁에서 만난 플로렌스

돌고 돌아 이뎁에 왔다. 이뎁은 지역 사회 프로그램을 제공하는 발리의 NGO다. 학교 같은 건물 안에는 텃밭으로 이뤄진 농장이 있었다. 이 농장에서 토종 종자 관리, 모종 재배, 퇴비 만들기 등의 농사 교육을 한다. 방문 전에는 이곳이 주로 농업을 가르치는 학교라고 생각했는데 커리큘럼을 들어 보니 그뿐만이 아니다.

이곳에서는 지역 주민들을 위한 다섯 가지 교육을 하고 있다. 재난 관리, 퍼머컬처, 지속가능한 지역 사회 만들기, 조직 경영 · 관리 · 회계, 미디어 제작과 홍보 교육이다. 우리는 농장에 일거리가 있으면 자원봉사를 하고 싶었는데 지금은 지원금이 넉넉하지 않아 아이들을 위한 퍼머컬처 교육을 쉬기 때문에 따로 일손이 필요하지 않다고 했다. 결국 우리는 이뎁을 한 바퀴 둘러보고 학교를 나서야 했다.

아쉬움에 입맛을 다시고 있는데 직원 한 명이 함께 밥을 먹으러 가자고 제안했다. 플로렌스라고 자신을 소개한 그는 이곳에서 일하면서 '발리 워터 루프(Bali Water Roof)'라는 프로젝트에 참여하고 있단다. 이 프로젝트는 발리 섬 곳곳에 벽을 만들어 바닷물이 들어오는 걸 막는 활동이다. 지구온난화로 해수면이 점점 높아지면서 바닷물이 발리 섬 내부로 들어오고 있는데, 소금기가 있는 바닷물이 섬의 민물과 섞이면 농업용수나 식수로 사용하기가 힘들어진다. 플로렌스는 세계 곳곳에 있는 발리와 같은 섬나라들을 다니며 이 프로젝트에 참여하고 있다.

"그러면 굉장히 여행을 많이 다녔겠네요?"

"원래 국적은 프랑스지만, 어릴 적에는 콩고에서 자랐고, 대학은 미국에서 다녔어. 지금은 스페인에 집이 있고. 난 다양한 나라에서 살고 싶었거든."

자신의 의지를 실현하며 살아가고 있는 플로렌스는 삶에 대한 확신으로 여유가 넘쳤으며, 어디에서나 자연스럽게 어울릴 것 같았다. 굉장히 아름답고 멋진 사람이라는 생각이 들었다. 그는 자신의 말을 쉽게 알아듣지 못하는 우리가 편안하게 이야기할 수 있도록 배려해 주면서 우리에게도 여러 가지 질문을 던졌다. 우리의 꿈은 무엇인지? 왜 공동체를 만들려고 하는지? 왜 아이들을 도우며 살아가고자 하는지? 그리고 농사를 지으려는 나를 부모님은 어떻게 생각하고 계신지?

부족한 영어 실력으로 대답하는 우리의 이야기에 플로렌스는 진심으로 귀를 기울여 주었다. 그 태도에 무척 감명 받은 우리는 플로렌스를 만난 것만으로도 이뎁에 오길 잘했다고 생각했다. 이제 40대 중반을 바라보며 아름답게 나이 들어 가는 그의 모습을 닮고 싶었다.

유기농 농업 교육에 미래를 걸다, 동남아시아

거리의 아이들을 성장시키는
더러닝팜

오매불망 기다리던 더러닝팜에서 답장이 왔다. 우리는 곧장 발리를 떠나 인도네시아 수도 자카르타로 향했다. 메일에는 우리가 그곳 아이들과 공유할 수 있는 것들이 있으면 알려 달라고 했다. 자, 이제 우리 각자의 경험과 스킬을 들여다볼 때다. '서당 개 삼 년이면 풍월을 읊는다'는 말처럼 몇 개월 동안 카메라를 들고 다닌 터라 사진과 영상 촬영 기법을 공유하기로 했다. 그리고 태권도 3단 두현의 태권도 기술, 그동안 농장을 다니며 틈틈이 쌓아 온 흙에 대한 이야기와 두현의 딸기 재배 기술을 공유하기로 했다.

더러닝팜은 2005년, 거리의 청소년들에게 철학, 농업, 영어 등을 가르쳐 사회의 한 구성원으로 잘 살아갈 수 있도록 교육시키는 곳으로 출발했다. 그동안 재정의 어려움이 여러 번 있었지만 언론 매체에 기사가 나면서 이곳의 가치를 높게 산 사람들의 기부로 지금은 운영의 어려움이 줄었다. 현재 선생님, 교직원, 신입생 그리고 이곳의 졸업생이자 신입생들의 조교인 어드밴스들이 함께 지내고 있다.

학교 주변으로 수만 평은 되어 보이는 녹차밭이 펼쳐져 있고 그 위로 하늘에 닿을 듯 말 듯 높은 산이 있다. 아침 안개를 낀 녹차밭과 산을 보고 있으니 편안하고 기분이 묘했다. 우리는 학교 옆의 방문객 전용 숙소에 머물렀다.

학교 건물 앞쪽엔 초등학교 운동장 절반 크기의 잔디밭이, 뒤편에는 학생들이 관리하는 텃밭과 염소, 양, 닭, 토끼의 축사가 있다. 이곳에서 나오는 동물의 분뇨는 퇴비를 만드는 데 사용한다. 왼쪽 편에는 텃밭과 학교에서 사용하는 종자를 키우는 그린하우스가 있다.

더러닝팜의 학생 수는 약 마흔 명이다. 여학생이 세 명이고 나머지는 모두 남학생이었다. 학생들은 총 네 팀, '개미', '거미', '장수풍뎅이', '벌' 팀으로 나뉘어 교육을 받는다. 담당 선생님 한 명과 조교 두세 명이 각 팀을 맡아 학생들을 교육하고, 팀마다 두 명씩 조를 이루어 동물에게 먹이를 주거나 분뇨를 치우는 등의 동물 관리를 함께한다. 교육 과정은 총 3개월이다.

학생들의 나이대는 16~32세로 생각보다 다양했다. 청소년과 청년들이 어우러져 있는 것이다. 이곳은 처음에는 비행 청소년들을 교육하는 곳으로 출발했다. 하지만 시간이 지나면서 인도네시아 전역에서 학생들이 지원해서 오거나 가족, 친척들의 추천으로 오는 경우가 많아졌다. 파푸아뉴기니 등 이웃 나라에서 온 친구들도 있었다. 더러닝팜이 지니고 있는 가치나 비전이 얼마나 사람들에게 설득력 있게 다가오는지 알 수 있는 대목이다.

이틀 정도 학생들과 함께 기숙사를 썼는데, 이들의 부지런함에 놀랄 수밖에 없었다. 학생들의 하루 일과는 새벽 네 시에 시작된다. 일어나면 맡은 구역을 청소하고 각자 담당하는 밭을 관리하러 간다. 물을 주고 잡초를 뽑고 작물들에게 인사를 한다. 동물들에게 먹이를 주는 모습을 보면 이곳의 생활이 이들에게 얼마나 소중한지 전해지는 기분이었다. 학

생들은 전혀 귀찮아하거나 게으름을 피우지 않았다. 대부분이 자신의 의지로 이곳에 왔기 때문이다. 아침 식사가 끝나면 조회를 한다. 조회 시간에는 모든 학생과 선생님, 교직원이 모여 체조를 하고, 그날 수업에 대해 이야기한다. 매일 아침 모여서 얼굴을 마주하고 체조를 하면서 서로 교감하는 시간을 중요하게 생각하는 게 느껴졌다.

더러닝팜은 기대했던 것보다 더 폭넓고 깊은 교육을 하고 있었고 실용적이기까지 했다. 우리가 갔을 때에는 농업의 기초 교육, 그중에서도 흙과 퇴비 수업이 많았다. 수업에서 대학교 학부 과정에서 다룰 법한 '토성'까지 다루고 있다는 사실에 꽤 놀랐다. 토성은 모래, 실트(모래와 점토의 중간 굵기인 흙), 점토의 상대적 함량비를 말한다. 토성을 분석하는 이유는 땅이 어떤 성질을 가지고 있는지 측정하고 어떤 작물을 심는 게 적당한지 알아보기 위해서다. 이를 통해 더 효율적으로 농사를 짓고 생산성을 높일 수 있다.

토성뿐만 아니라 흙의 화학과 생물 작용도 배운다. 작물을 키우는 데 필요한 다량원소, 미량원소를 배우고 작물이 선호하는 PH 지수에 따라 석회(수소)를 넣어 산도를 조절하는 법을 실험하거나, 비가 올 때 흙의 지표에 있는 원소 성분들이 어떻게 이동하는지, 흙 속 미생물들이 유기물을 분해하는 과정에서 일어나는 작용 등을 배운다. 내가 학생이었을 때 암기하면서도 이해할 수 없었던 것들이 이곳에서는 어찌나 재미있는지 다시 학생이 되어 이곳에서 배우고 싶단 생각이 들었다.

퇴비 수업에서는 특이하게도 '호기성 발효법'과 '혐기성 발효법'을 섞어 쓰고 있었다. 호기성 발효는 공기가 통하도록 퇴비를 발효시키는 방법이고, 혐기성 발효는 공기가 통하지 않은 상태에서 온도 조절을 하여 발효하는 방식이다. 더러닝팜은 주변의 자연 자원으로 퇴비 재료를 마련하고 이를 호기성·혐기성 발효로 퇴비로 만들어 밭에 사용한다. 그리고 그 밭에서 키운 풀과 작물로 다시 퇴비를 만들고 있다.

흥미로웠던 것은 이곳에서도 '혼파'를 하고 있다는 점이다. 혼파는 말 그대로 여러 작물을 섞어서 심는 것을 말하는데, 한국 농가에서는 흔하지 않아서 여행 전에는 책에서만 보던 방식이다. 농작물마다 좋아하는 원소가 다르고 그만큼 흡수하는 양도 다르다. 이런 점을 활용해 서로 흡수하는 원소가 다른 작물들을 심어 놓는 것이다. 또 뿌리가 깊은 작물과 얕은 작물을 함께 심는다. 기억에 남는 것은 당근과 파의 혼파였다. 잡초는 번식할 때 꽃을 피우는데, 이 과정에는 수정이 필요하다. 그런데 파는 강한 향으로 벌을 쫓아내 수정을 방해한다. 혼파에 대해서는 한 번도 생각해 보지 못했는데 이곳에서 의외의 영감을 얻었다.

더러닝팜의 학생들은 토종 종자를 키워 모종으로 만드는 법, 이를 밭에 심어 키우고 관리하는 법을 배울 뿐만 아니라, 농산물을 상품으로 유통하고 판매하는 과정까지 배워 농부로서 자립할 수 있는 방법을 익힌다. 단순히 농업에 필요한 기술만 배우는 것이 아니라 농업의 철학을 배우고 흙을 통해 화학과 생물, 자연과의 상생과 순환을 이해한다. 이곳에서 배운 학생들은 어떤 농부가 될까? 우리가 함께한 수업 과정은 2주밖에 되지 않았지만 이곳 선생님들의 능력, 커리큘럼의 탄탄함을 직접 체험하니 아이들의 미래가 기대됐다.

유기농 농업 교육에 미래를 걸다, 동남아시아

"인도네시아는 천 년 전부터 '퍼머컬처'를 해 왔어.
다만 인도네시아 고유의 이름이 따로 있지."
이곳에서 20년간 퍼머컬처를 연구하고 있다는 데니의 말을 듣고
얼음물에 풍덩 빠진 듯 놀랐다. 한반도 역시 만 년이란 긴 농업 역사를
가지고 있는 곳이다. 우리에게도 퍼머컬처와 같은 말이 있을 것이다.
그 단어를 안다면 그들에게 말해 주고 싶었다.

우린 세상에서
가장 중요한 사람이 될 거야

우린 학기 초라 바쁜 신입생들보다 조교들과 함께 시간을 보내는 일이 많았다. 신입생들이 모아 놓은 동물들의 분뇨를 이용해 퇴비를 만든다거나 종자와 모종 관리를 도왔다. 남는 시간에는 함께 탁구를 치거나 악기 연주를 했다. 언어의 장벽은 높았지만 함께 몸을 부대끼며 지내는 동안 이들과 많이 친해졌다. 프루완토 역시 함께 많은 이야기를 나눈 친구 중 한 명이다.

"그거 알아? 앞으로 20~30년 후에는 우리 같은 농부가 그 어떤 직업보다 중요해질 거야. 건강한 먹거리에 대한 중요성이 더 커지고 농부의 수가 줄어들면 줄어들수록 우린 세상에서 가장 중요한 사람 중 한 명이 되는 거야. 난 그래서 내가 농부라는 게 자랑스러워."

그는 확신에 찬 눈빛으로 내게 말했다. 정말 놀라웠다. 어떻게 이런 확신을 갖고 있는 걸까? 나는 이 농업여행을 하는 내내 '농부라는 직업이 내 삶에 큰 만족을 줄 수 있을까?' 하는 질문을 품고 있었다. 확신에 찬 프루완토의 눈빛을 보며 놀랍고 또 부끄러웠다. 그의 말은 여행하는 내내 내 마음을 맴돌았다.

여행을 다녔던 많은 나라들이 농촌의 다음 세대를 걱정하고 있었다. 인도네시아도 마찬가지였는데 프루완토 같은 친구들이 많은 이곳은 이미 대비를 하고 있다는 생각이 들었다. 청년들이 다 떠난 한국 농촌의

유기농 농업 교육에 미래를 걸다, 동남아시아

다음 세대는 어떻게 해야 할까? 나 역시 작은 땅에서 텃밭 농사를 지으며 어지간한 노지 재배로는 수익을 내기 힘들다는 것을 깨달았다. 농사 짓던 그 작은 땅에서 쫓겨나면서 땅을 소유하지 못한 자의 최후에 대해 뼈저리게 느낄 수 있었다. 땅도 없고 집도 없고 돈도 없고 농촌에 연고지도 없는 젊은 친구들이 앞으로 어떻게 농촌에서 지속적으로 살아갈 수 있을까? 어느 농촌 마을의 목욕탕에 갔을 때 마을 이장님이 하시던 말씀이 떠올랐다.

"요즘엔 농사도 돈 없으면 못 해."

그 어떤 일이 있어도 지켜져야 할 식량 주권. 그 식량 주권의 근본인 농업도 돈이 좌지우지 하는 세상이 되었다. 농부도 자본이 없으면 못 하는 직업이 되어 버렸으니 앞으로 우리들은 어떻게 해야 할까?

나눌수록 행복하다

처음 이곳에 올 때 더러닝팜에서는 우리에게 학생들과 무엇을 나눌 수 있는지 알려 달라고 했다. 우리는 두현의 지휘 아래 1주일에 세 번씩 조회 시간이 끝난 후 태권도 수업을 했다. 처음엔 '과연 태권도를 좋아할까?' 걱정했는데 학생들이 정말 즐거워했다. 특히 발차기 시간을 좋아했는데, 처음에는 소심했던 발차기가 갈수록 거침없어졌다. 태권도 덕분에 우린 학생들과 온몸으로 친해질 수 있었다. 언어가 통하지 않을 땐 함께 땀 흘리는 것만큼 좋은 게 없다. 학생 수가 많아 수업 진행이 힘들 것 같다는 걱정도 기우였다. 아이들 스스로 줄을 맞추며 우리를 잘 따라 줘서 고마웠다.

나는 그들에게 더 해 줄 것이 없는지 생각하다 바리캉을 들었다. 고등학교 때부터 머리를 직접 깎아 온 터라 남자 머리는 제법 만질 줄 안다. 머리를 깎아 준다는 말에 스무 명 가까운 아이들이 몰려왔다. 하루 만에 다 깎긴 힘들 것 같아 자유 시간마다 한 명씩 머리를 깎았다. 항상 할 줄 아는 것이 없고, 기술이 없어 아쉬워하곤 했는데 이번엔 내 실력을 마음껏 발휘할 수 있었다.

우리가 이들과 공유한 기술이 두 가지 더 있다. 이곳에 오기 전 미리 얘기했던 사진과 영상 촬영 기법, 그리고 딸기 재배법이다. 우리는 그동안 촬영하면서 공부한 것을 바탕으로 사진과 영상을 찍을 때 필요한 여러 가지 구도와 황금비율, 빛의 활용에 대해 설명했다. 그리고 사진과

영상으로 농산물을 홍보하는 방법을 공유했다. 예상 외로 반응이 좋았다. 학교에서 따로 가르치지 않는 분야였기에 학생들이 더 집중했다.

딸기 재배법 수업은 나와 두현이 함께 진행했다. 내가 흙과 관련된 부분을 맡고 두현이 딸기 재배법에 관한 수업을 담당했다. 나는 이곳에서 아직 다루지 않는 다량원소들의 역할들, 그러니까 당도, 저장성, 크기, 영양을 결정짓는 원소 성분에 대해 이야기했다. 두현은 딸기 모종을 얻는 방법, 파종, 재배, 병충해 방지법에 대해 설명했다. 마침 이곳의 밭은 딸기 재배에 적합한 약산성이라 실습 수업도 할 수 있었다.

우린 호주에서 열심히 일해서 번 돈으로 딸기 모종을 구입했다. 이곳에서 배운 것들과 아이들이 나눠 준 마음에 보답하고 싶었다. 입대를 하고 훈련소에 들어갔을 때 단 것이 너무나 간절했던 나처럼 100일이란 시간 동안 기숙 생활을 해야 하는 이곳의 친구들에게도 달달함이 간절할 것 같았다. 이 딸기가 그 허기를 채워 줬으면 했다. 우리는 앞으로 이곳에서 수업하게 될 학생들이 꾸준히 딸기 재배법을 배울 수 있는 환경을 만들어 주고 싶었다. 또 졸업자들도 딸기에서 나온 모종을 가지고 나가 자기의 고향에서 딸기 농사를 지을 수 있으면 좋겠다는 마음이었다. 물론 딸기를 볼 때마다 우릴 기억했으면 하는 바람도 있었다. 우리는 함께 텃밭에 모종을 심었다. '잘 키워 달라는 말'과 '잘 키우겠다'는 훈훈한 약속도 오갔다.

몇 달 뒤 우린 딸기가 열려 달달함을 맛보았다는 소식을 페이스북을 통해 들을 수 있었다.

고민이 쌓여 가는 크리스마스

크리스마스에 우리는 더러닝팜을 떠나 자카르타에 왔다. 여행을 시작하고 어느새 1년. 우여곡절 끝에 우리가 바라는 농업 세계일주를 하고 있지만, 마음 한 곳은 어딘가 모르게 무거웠다. 하석과 두현은 나를 잘 따라 주었지만, 여행이 계속될수록 모두 피로가 누적되고 신경이 예민해지고 있었다. 하석과 두현에게 미안한 마음을 제대로 표현 못 하는 스스로가 못 미더웠다.

내 주장으로 시작한 영화 촬영도 여간 어려운 게 아니었다. 전문가가 아니었기에 촬영도 쉽지 않았고, 타인을 카메라에 담을 땐 더 난감했다. 대부분의 사람들은 카메라부터 들이대는 우리의 첫인상을 좋게 기억하지 않았다. 그런 우리의 고충을 알고 제작사에서 감독님 두 분이 더러닝팜으로 직접 촬영을 나왔다. 하지만 이곳에서 상황은 더욱 극에 치달았다. 학생들은 스스럼없이 어울리다가도 카메라가 오면 경직되어 버렸다. 불편한 상황이 2주 가까이 이어지자 그동안 눌러 왔던 감정이 조금씩 삐져 나오기 시작했다.

답답했던 나는 모두가 모인 자리에서 여행을 그만하고 싶다고 말했다. 그동안 참아 온 것들을 토해냈다. 아니 울부짖었다. 무거운 책임감. 서로 상처 주고 받았던 말들. 되돌아온 죄책감. 어느 순간 일이 되어 버린 여행. 오랜 시간 대화를 나눴지만 우리는 공개적인 합의점을 찾지 못했다. 결국 이런 마음을 깊이 묻어 둔 채 다시 여행을 이어갔다.

몸이 많이 아프다. 더러닝팜을 떠난 우리는 과도한 노동과 피로에 지친 몸을 점검하기 위해 자카르타에 있는 한의원에 들렀다. 어깨에 부항을 뜨는데 검은 피가 젤리처럼 덩어리져서 나왔다. 한의사 선생님은 내게 장 기능이 떨어졌으니 몸 관리를 하라고 말씀하셨다. 체력이라면 자신 있었던 내게 건강의 적신호가 온 것이다.

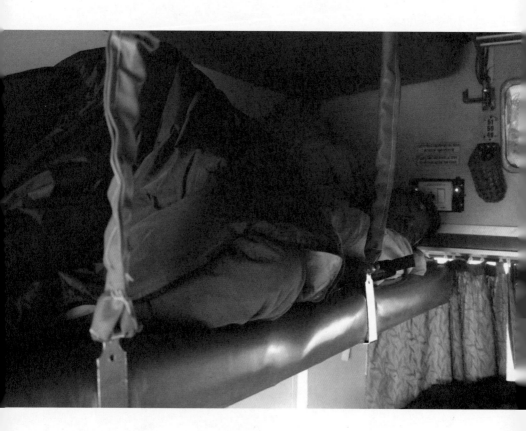

유기농 농업 교육에 미래를 걸다, 동남아시아

인도네시아에서 베트남까지 겨우겨우 이동은 했는데 한 걸음도 뗄 힘이
없어 결국 공항 의자에 쓰러져 눕고 말았다. 몸의 평화가 마음의 평화를
만든다던데 더러닝팜을 떠나던 순간의 갈등이 원인이 된 걸까. 몸도
마음도 지칠 대로 지치고 말았다. 우리의 세계일주. 이대로 괜찮을까?

라오스
LAOS

유기농 농업 교육에 미래를 걸다, 동남아시아

자연에서 배우는 사랑,
가나안 농군학교

여행 목적지를 정할 땐 항상 팀 미팅을 한다. 어느 나라의 어떤 곳을 갈까, 여러 의견을 주고받지만 사실 우리에겐 선택지가 별로 없다. 어떤 키워드로 검색해야 농업 관련된 기관, 학교, 농장, 생태공동체를 찾을 수 있는지 몰라 헤매는 경우가 많았다. 고민하는 우리에게 프랑스에서 대학을 다니며 생태적이고 대안적인 삶을 살아가는 사람들을 취재하고 있는 한 친구가 조언을 해 주었다.

"전 세계 생태공동체는 다 그들만의 네트워크를 갖고 있어요. 그들의 삶을 경험하고 싶다면 그 네트워크 안으로 들어가야 해요."

처음엔 말뜻을 전혀 이해하지 못했다. 그들 안으로 들어가라고? 어떻게? 그런데 차츰 그 말을 이해할 수 있었다.

인도네시아에서 쉽게 일정을 잡지 못했던 우리는 페이스북에서 농업 관련 기관, 학교, 농장, 생태공동체라는 키워드로 사람들에게 공개 추천을 받기 시작했다. 그리고 소셜네트워크를 통해 '생태적인 삶'을 지향하는 친구들과 '연결될' 수 있었다. 세계 생태마을 네트워크인 'GEN(Global Ecovillage Network)', 패스트푸드를 반대하며 대안적 식생활 문화 운동을 하는 '슬로푸드 협회', 유기농 농장과 자원봉사자를 연결하며 문화 교류, 자연과의 공존을 지향하는 '우프', 금산 청년공동체 '벌에별꼴', 명상공동체 '선애빌'에서 활동하는 친구들이었다. 이들은 우리에게 세계 곳곳의 공동체와 농장을 추천해 주었다. 그때 느꼈다.

'이런 게 그들 안에 들어가는 거구나!'

가나안 농군학교 역시 이런 인연으로 방문할 수 있었다. 비엔티안에 위치한 가나안 농군학교는 라오스에 축산과 농업 기술을 전파하고 문맹을 해결함으로써 원주민들이 자립할 수 있도록 돕고 있다. 우린 가나안 농군학교에 꼭 방문해 보고 싶어 호주에 있을 때부터 동남아 여러 지역에 있는 학교에 연락을 취했지만 번번이 거절당했다. 그런데 라오스에 살고 있는 지인을 통해 이곳을 소개받을 수 있었다.

가나안 농군학교를 운영하는 김진수 목사님은 이 학교의 교장 선생님이자 선교사다. 라오스는 북한 다음으로 선교 활동을 하기 힘든 나라라고 한다. 목사님은 이곳에 맨손으로 도착해 라오스어 사전을 직접 만들어 보급하며 마을 사람들과 가까워졌다. 덕분에 50퍼센트에 달했던 문맹률이 지금은 많이 낮아졌다고 한다. 목사님은 아이들이 다닐 학교도 만들었다. 현재는 50여 개 학교의 건축과 보수를 도와주고 매달 70명의 학생에게 10~150달러의 장학금을 지급한다. 이런 다양한 활동들의 자금은 농장을 운영하며 나오는 수익으로 충당한다.

농장은 총 세 곳이다. 우리가 머문 곳은 축산 중심의 농장으로, 채소와 과일 등의 농작물을 주로 키우는 농장은 따로 있었다. 축산 농장은 주로 돼지를 키우고 그 밖에 소, 닭, 오리, 메기, 바나나, 망고, 모링가, 옥수수, 카사바를 키우고 있다. 주 수입원은 역시 돼지다. 정성스럽게 키운 어미 돼지가 새끼를 낳으면 한 마리당 50달러에 군납한다. 또한 이 새끼 돼지를 가나안 농군학교에서 2주간 수업을 받은 학생들에게 다섯 마리씩 분양한다. 이곳 학생들은 대부분 성인들인데, 원한다면 돼지 대신 닭 300마리를 선택해서 받아 갈 수도 있다. 가나안 학교 졸업생들에게 지속가능한 생계를 만들어 주기 위한 방편이다.

돼지는 방목으로 키운다. 살면서 돼지를 방목해 키우는 곳은 처음 봤다. 보통 방목하는 돼지는 임신한 돼지였는데 임신 기간 114일 중 100일은 방목하고 14일은 출산을 위해 사육장에서 키운다. 돼지의 건강한 출산을 위해서다. 돼지 중에는 350킬로그램에 달하는 녀석도 있었는데 덩치가 거의 소에 가까웠다. 한국에 있을 때 한 번 돼지 농장을 간 적이 있는데, 축사에서는 냄새가 진동했고 항생제가 나뒹굴었다. 돼지들이 말을 듣지 않으면 몽둥이로 때리는 것을 목격하고 경악을 한 적이 있다. 그런데 이곳에서는 냄새 나지 않는 축사에서 잘 발효시킨 사료와 한약재를 잔뜩 넣은 영양제를 먹이고 운동까지 시킨다. 이렇게 자라니 건강하게 클 수밖에 없지 않을까.

우리는 주로 돼지 사료 만드는 일을 도왔다. 농장 근처의 맥주 공장에서 나오는 맥주박과 카사바, 옥수수, 쌀겨를 비율에 맞게 5톤 규모의 탕에 넣어 삽으로 잘 섞으면 돼지 사료가 완성된다. 이 사료를 섞기 위해 3일간 하루 열 시간이 넘도록 삽질을 해야 했다. 10분만 삽질을 해도 땀이 비 오듯이 흐르고 30분이 지나면 온 우주의 고통이 몰려오기 시작했다. 그리고 한 시간이 넘으면 삽을 던져 버리고 싶어졌다. '목사님은 왜 이렇게 일을 많이 시킬까?' 투덜거림이 절로 나오기도 했다. 이렇게 섞은 사료의 발효 기간은 날씨가 더울 땐 2주, 선선할 땐 4주 정도다.

사료가 5톤씩 들어가는 탕의 개수는 총 여섯 개인데 이곳에 있는 돼지 150마리가 3주 만에 15톤을 다 먹어 치운다. 정말 어마어마하다.

우리는 아침 여섯 시에 일어나 목사님과 함께 아침 식사를 하고 바나나 나무를 잘라 돼지에게 간식으로 주고 삽질을 했다. 삽질은 고되고 힘들었지만 규칙적인 생활을 했더니 그동안 힘겨웠던 몸이 정상 리듬으로 돌아오는 게 느껴졌다. 또 팀원들과 함께 일할 때 호흡이 척척 맞아떨어지는 느낌이 너무 좋았다. 서로 격려하고 교대하면서, 일할 땐 힘껏 일하고 쉴 땐 푹 쉬었다. 함께 일할 때만 느낄 수 있는 즐거움이었다.

하루는 돼지가 출산하는 장면도 볼 수 있었다. 생명이 태어나는 순간을 이렇게 가까이에서 본 적이 없었기 때문일까? 마음속에서 걱정, 두려움, 놀라움, 경이로움이 순서대로 일었다. 그날 출산한 어미는 총 열 마리의 새끼를 낳았다. 보통 한 번 출산할 때 아홉 마리에서 스무 마리까지 낳는다고 한다. 이곳에 와서 돼지의 크기와 힘을 경험하면서 '나도 과연 이 녀석들을 키울 수 있을까?' 하는 생각이 들었는데 알면 알수록 흥미가 생겼다. 언젠가 내 농장이 생기면 다양한 가축을 키워 보고 싶다는 생각이 들었다. 내 얘기를 들은 목사님은 자신도 내년엔 악어를 한번 키워 보고 싶다고 말씀하시며 웃으시는데, 정말 헉! 소리가 났다.

목사님은 정말 열정적인 분이었다. 우리가 만난 그 어떤 젊은이보다 더 뜨거운 열정을 갖고 있고, 매 순간 도전을 주저하지 않았다. 그리고 그 열정을 노력이란 두 글자에 쏟아부었다. 어떤 분야에 관심이 생기면 그 분야를 자신의 것이 될 때까지 공부하고 이해하고 실험하면서 습

득했다. 그리고 그렇게 쌓아 온 노하우를 공유하는 데 거리낌이 없었다. 사실 자신만의 기술, 노하우를 남에게 전수해 주는 것은 쉬운 일이 아니다. 그런 점에서 정말 존경심이 들었다. 우리가 도착했을 때부터 떠날 때까지 자신의 경험과 지혜를 아낌없이 나눠 주시는 목사님을 보며 생각과 계획만 무성한 스스로가 부끄러웠다.

목사님은 선교사이기도 하지만 경영자, 사업가, 연구자로서도 탁월했다. 일상의 사소한 것들을 놓치지 않고 사업 아이디어로 발전시키셨는데, 특히 놀라웠던 것은 돼지 똥 활용법이었다. 보통 사람들은 더럽다고 생각하겠지만, 사실 똥은 엄청난 자원이다. 영양분이 많고 활용 방법에 따라서는 에너지가 되기도 한다. 목사님은 농장 곳곳에 일곱 개의 연못을 파고 그곳에 메기 새끼와 물을 정화할 수 있는 식물을 같이 키웠다. 그리고 연못에 돼지 똥을 넣어 영양분을 공급했다. 메기는 두 달에 한 번씩 판매하는데, 한 연못에서 나오는 수익이 1만 달러에 달한다. 농장에서 관찰하고 시도한 것들이 또 하나의 사업 모델로 이어진다는 게 정말 놀랍고 신기했다. 때때로 라오스 정부 사람들이 목사님을 찾아와 자문을 얻어 갈 정도였다.

모든 것은 사랑으로부터

닷새 동안 가나안 농군학교에서 일하며 정말이지 큰 배움을 얻었다. 단지 농장을 일구는 기술뿐만 아니라 비즈니스 감각과 추진력까지 무엇하나 놀랍지 않은 것이 없었다. 하지만 그보다 더 마음을 울린 것은 목사님의 크나큰 사랑이었다. 아무리 선교사라지만 사랑 없이 이렇게 타국에 와서 타인을 위해 자신의 삶을 헌신하기 힘들 것이다. 행동 하나, 말 한마디에서 우릴 따뜻하게 안아 주고 있다는 걸 느낄 수 있었다.

그동안 나는 비상식량 팀원들에게 한없이 고마우면서도 한편으로는 힘들고 지친 마음에 끊임없이 괴로웠다. 잘해 보려고 함께 고생한 1년인데, 사소한 서운함과 오해들, 복잡한 감정들이 점점 쌓이고 꼬여 가슴이 답답했다. 무엇이 문제일까? 천상 경상도 촌놈인 나의 무뚝뚝하고 멋없는 표현 때문일까? 아니면 우리의 농업 세계일주가 너무 멋모르고 덤벼든 허황된 꿈이었나?

목사님을 보면서 나는 존재에 대한 사랑이 대체 무엇인지, 어디에서 오는지, 어떻게 그렇게 살아갈 수 있는지 깊은 의문이 들었다. 그래서 혼자 목사님을 찾아가 물었다.

"사랑은 대체 어디에서 어떻게 나옵니까?"

"나를 좋아해 주는 사람이 없다고 불평하기 전에 내가 그들에게 좋게 대해야지. 내가 좋은 사람이 되면 주위에 좋은 사람이 있을 수밖에 없지."

목사님은 당신이 느끼는 편견이나 판단을 걷어 내고 상대방을 사랑하는 눈으로 바라본다고 하셨다. 옆에서 지켜본 목사님은 라오스 사람들을 대할 때나 한국에서 봉사를 하러 온 대학생을 대할 때, 심지어 동물을 대할 때도 편견 없이 똑같은 눈높이로 바라보고 사랑을 베풀었다. 특히 이곳에서 일하는 직원들을 대하는 모습이 놀라웠다. 직원들은 농장에서 목사님과 함께 생활하는데, 일하는 분위기가 그 어떤 곳보다 자유로웠다. 직원들은 누구의 강요도 없이 주인 의식을 갖고 일을 한다. 새벽 여섯 시면 일어나 자신이 맡은 구역에서 일을 시작하는데 항상 환한 미소로 우리 인사를 받아 주었다. 마치 참새 소리가 들리는 아침 골목을 지날 때 가게 앞 골목을 청소하고 있는 구멍가게 주인 아저씨의 느낌이랄까? 게다가 농장에서 열심히 배우고 경험한 덕분에 그들은 모두 전문 가축 사육사의 포스를 내뿜고 있었다. 가끔 한국에서 견학 온 사람들이 직원들에게 돈과 혜택을 앞세워 스카우트 제의를 한다는데, 그런 경우에도 그들과 함께 떠난 사람은 없다고 한다. 직원들은 자식이 태어나서 대학에 갈 때까지 학비 걱정을 하지 않도록 이 농장에서 모든 지원을 받고 있다. 직원의 개인 성취를 북돋고 능력을 키워 주는 농장이라니. 어찌 이곳을 쉽게 떠날 수 있을까?

나는 목사님을 보면서 사랑이 무엇인지 어렴풋이 느낄 수 있었다. 그분의 리더십, 배려, 지혜, 노력, 열정, 관찰력을 보면서 모든 걸 닮고 싶은 욕심이 생겼다. 5일이란 짧은 시간이었지만 밤에 일기에 적을 것이 너무 많아 힘들 정도로 값진 시간이었다.

태국

THAILAND

유기농 농업 교육에 미래를 걸다, 동남아시아

열정이 꿈틀꿈틀,
카오산로드

방콕의 여행자 거리인 카오산로드. 맨날 오지 탐험하듯 농장과 공동체만 전전하다가 번화한 거리로 나오니 비상식량 팀원들 눈이 모두 휘둥그레졌다. 전 세계 배낭여행자들이 사랑한다는 젊음과 열정이 넘치는 이곳에서 우리는 한국에서 여행 온 몇몇 친구들과 만나기로 했다.

라오스에서 우연히 만나 함께 봉사활동을 했던 승원과 해빈. 다시 만난 두 사람은 독특한 면모를 풍기는 낯선 동생과 함께 왔다. 그의 이름은 최청하. 그는 한복을 입고 동남아시아 여섯 나라를 여행하고 있었다. 점점 서구화되어 가는 한국의 의복 문화를 보며 우리 것에 대한 자부심을 찾기 위해 한복을 입고 여행을 떠났다고 한다. 청하가 입은 한복은 에메랄드색과 바랜 듯한 잔디색이 섞인 두루마기에 보랏빛 바지였는데 함께 다니는 내내 외국인들의 사진 세례를 받았다. 청하는 그들 앞에서 춤추고 열심히 설명하며 한복을 소개했다.

고된 농장 일도, 세계일주의 다음 일정에 대한 고민도 모두 내려놓고 우리는 길거리 공연을 보고 맥주도 마시며 신나게 놀았다. 그렇게 한참을 놀다가 문득, 모두에게 한 가지 제안을 했다. 이름하여 카오산로드 아이들을 위한 단기 프로젝트다.

카오산로드를 걷다 보면 곳곳에서 깡통을 앞에 두고 쓰러져 누워 있는 아이들을 볼 수 있다. 가끔 여행을 다니다 보면 구걸하는 사람들에게 선의를 베푸는 것이 바람직한 일인지 아닌지 혼란스럽다. 하지만 누군가 절실하게 도움을 기다리고, 우린 필요 이상으로 가졌다는 사실만으로 나눔의 이유는 충분했다.

우린 각자가 가진 재능과 콘텐츠를 활용하기로 했다. 하석은 우쿨렐레를 치며 직접 작사, 작곡한 노래를 부르고 두현은 옆에서 젬베를 치기로 했다. 청하는 한복을 입고 춤을 추며 시선을 집중시켰고 나머지 친구들은 팔찌를 만들었다. 또 여행하며 찍은 사진으로 엽서를 만들었다.

우리는 머나먼 외국 땅 카오산로드 입구에 좌판을 펼쳤다. 다양한 나라의 사람들이 끊임없이 오가는 곳인 만큼 금세 많은 이목이 쏠렸다. 사람들이 몰리고 기대감이 높아지자 자연스럽게 판이 만들어졌다. 신나게 노래하고 춤추며 기부를 외쳤다. 다들 조금씩 주머니에서 돈을 꺼내 뒤집어 놓은 모자에 넣고 갔다.

한 시간쯤 지났을까? 팔찌는 거의 다 팔렸고 하석의 노래도 동이 났다. 거리에서 각종 장신구나 장난감을 파는 아주머니들도 슬슬 그만하라는 암묵적 신호를 보내기 시작했다. 기부 받은 돈은 모두 3만 원. 태국의 물가를 생각하면 절대 적은 돈이 아니다. 적어도 몇 끼의 식사는 해결할 수 있는 이 돈을 거리 곳곳의 사람들에게 나누어 주었다.

지속적인 도움이 아닌 일시적인 캠페인이었다. 하지만 거창하고 대단한 무언가가 아니라 개개인이 가진 사소한 재능과 자원으로도 누군가와 나눌 수 있다는 것을 느낀 하루였다. 다들 이곳에서 있었던 일을 마음에 고이 접어 두고 그리울 때마다 꺼내 볼 것이다. 지구라는 공동체를 위해 우리가 했던 작고 따뜻했던 일을 떠올리면서.

유기농 농업 교육에 미래를 걸다, 동남아시아

무의식에서 의식의 영역으로,
피나와 피자의 공동체

보파는 캄보디아어로 '세상의 꽃'이라는 의미다. 우리는 태국에서 보파라는 이름을 가진 친구를 만나 참 신선한 충격을 받았다. 2012년 친구들과 금산에서 '별에별꼴'이라는 청년공동체를 만든 보파는 자연과 조화를 이루는 '생태적 삶'을 지향하며 자급자족으로 스스로의 삶을 개척하고 있다. 생각을 행동으로 옮기는 데 얼마나 많은 고민과 에너지가 드는지, 얼마나 많은 어려움과 갈등이 있는지 나는 알고 있다. 그렇기에 내가 앞으로 지향하고 싶은 것들을 먼저 하고 있는 선배인 보파가 더욱 대단하게 보였고 같은 꿈을 꾸는 그에게 동질감을 느꼈다. 보파는 여덟 명의 친구들과 함께 라오스와 태국 공동체 여행을 하고 있었다. 이들이 인도 싯다르타 빌리지에 가기 전 '피나와 피자의 공동체'를 방문할 예정이라기에, 우리도 이 여정에 함께하기로 했다.

공동체로 들어가는 길은 마치 정글로 들어가는 느낌이었는데, 고불고불한 포장도로 양쪽에 바나나 나무, 코코넛 나무가 끝이 보이지 않게 늘어서 열매를 맺고 있었다. 여기저기 코코넛 껍질이 쌓여 있었는데 마치 코코넛 무덤을 보는 것 같았다. 들떠서 이런저런 이야기를 주고받는 우리의 모습과 다르게 숲은 고요하고 몽환적이기까지 했다.

공동체는 아담했다. 피나는 부인 피자, 딸 하이쿠와 함께 살고 있다. 피나, 피자 부부는 이곳이 누구나 와서 쉬어 가는 공간이 되길 바랐다.

유기농 농업 교육에 미래를 걸다, 동남아시아

이들이 머무는 본채와 식당으로 쓰는 건물, 우퍼나 손님들을 위한 작은 방 하나, 외부에 딸려 있는 화장실 둘, 그리고 큰 오두막 하나가 있었다. 우린 이 오두막에 모기장을 치고 자기로 했다. 오두막 옆은 야자수로 덮여 정글 같은 느낌이었는데 도서관을 짓는 중이었다.

피나가 선비 같은 수염을 하고 그윽하게 웃으며 바라볼 때면 나도 모르게 따라서 활짝 웃었다. 이곳에 머문 열흘 동안 피나는 한 번도 처음의 그 따뜻함을 잃지 않았다. 호탕한 목소리와 자신감 넘치는 성격의 소유자 피자는 항상 맛있고 푸짐한 음식을 차려 주었다. 재밌게도 이곳에선 밥때가 되면 식당에 있는 작은 종을 울린다. 그럼 평소엔 잘 보이지 않던 사람들이 한 명씩 어슬렁어슬렁 나타나곤 했다. 그리고 뷔페처럼 펼쳐져 있는 음식을 개인 접시에 덜어 먹곤 했는데 식사를 하는 사람들을 바라보는 피자의 눈에서 따뜻함과 흐뭇함이 느껴졌다. 하이쿠는 이 마을보다 더 사랑스러운 초등학생 소녀다. 하이쿠는 5, 7, 5의 3구, 17자로 이루어진 일본의 짧은 정형시를 일컫는데 실제로 이 일본의 시 형식에서 따온 이름이라고 했다. 이 이야기를 듣고 나니 시처럼 살아갈 하이쿠의 모습이 떠올랐다. 이곳에 아이는 혼자뿐이라 심심했던지, 하이쿠는 우리와 함께 있는 동안 기분이 마치 구름에 닿을 듯 좋아 보였다.

우리는 이곳에서 도서관 짓는 일을 도우면서 피나의 인문학 강의, 5리듬 댄스, 캠프파이어 등 다양한 프로그램을 체험하기로 했다. 피나의 친구인 리우가 주도하는 5리듬 댄스는 '흐름(Flowing)', '스타카토

(Staccato)ʼ, ʻ혼돈(Chaos)ʼ, ʻ서정(Lyrical)ʼ, ʻ고요(Stillness)ʼ의 다섯 리듬으로 구성되어 있다. 다섯 가지 음악이 차례대로 나오면 리듬에 맞춰 춤을 추며 자신을 표현한다. 처음엔 다들 춤추는 걸 낯설고 부끄러워했지만 두 번째 리듬이 나올 쯤엔 다들 음악에 몸을 맡기고 자신을 표현하기 시작했다. 후반부로 갈수록 혼자 춤을 추던 사람들이 모두 호흡을 맞춰 함께 추기 시작했다. 춤이 끝날 때쯤엔 모두가 땀으로 흠뻑 젖어 있었다. 내 마음에 있던 응어리가 풀리고 한약 한 첩을 먹은 것처럼 몸이 가벼워졌다.

5리듬 댄스를 추면서 우리는 서로 연결되는 느낌을 받았다. 만난 지 며칠 안 된 사람들이 춤을 통해 서로의 내면을 꺼내고 공유했다. 이런 활동들은 생각보다 빠르게 서로 가까워지는 계기가 됐다. 이렇게 몸으로 내면에 숨어 있는 나를 깨우는 활동이 또 있었다. 아침에 눈을 뜨자마자 넓은 공터에 모여 피나를 따라 태극권을 했는데, 물 흐르듯 부드럽고 격하지 않은 동작에도 불구하고 30분도 채 되지 않아 온몸에 땀이 흘렀다. 태극권은 기 흐름에 도움이 된다고 한다. 함께 태극권을 하면서 다시 일행들과 연결되는 듯한 느낌이 들었다.

이곳에는 도서관을 짓는 것을 돕기 위해 방문한 서른 다섯 명의 대학생들이 있었는데, 이들과 함께 낮에는 도서관을 짓고 밤에는 캠프파이어를 했다. 손을 잡고 모두 함께 돌거나 같은 패턴의 춤을 추면서 어떤 대화도 나누지 않았는데도 하나의 커뮤니티라는 소속감을 느낄 수 있었다. 5리듬 댄스, 태극권, 캠프파이어를 하는 시간이 길지는 않았지만 나도 모르던 내 모습을 알기에는 충분한 시간이었다.

일은 하고 싶을 때만 하면 돼

이곳의 모든 건물은 기초 콘크리트나 골조가 되는 철 구조를 제외하면 모두 주변 자원을 활용한 재료로 지었다. 처음 갔을 때 벽돌이 허리쯤까지 지그재그로 탑처럼 쌓여 있었는데 이곳의 흙에 석회, 짚, 숯, 물을 섞어 사각 틀 안에 넣어 벽돌을 찍어 내 말리는 중이었다. 이렇게 말린 벽돌은 벽돌집의 건축 재료로 사용했다. 벽돌을 쌓아 올릴 땐 앞서 말한 흙, 석회, 짚, 숯, 물을 섞어 만든 미장용 반죽을 이용했다. 벽돌 위아래로 미장용 흙을 발라 고정시키는데 벽 두께가 20센티미터 가까이 됐다. 태국의 날씨에는 단열이 필요하지 않을 것 같은데 왜 이렇게 벽을 두껍게 할까? 알고 보니 벽을 두껍게 하면 습할 땐 벽이 물을 머금어 습기를 차단하고, 낮엔 열을 내부로 천천히 전달해 시원하게 만든다고 한다. 또 낮에 열을 듬뿍 받아들인 벽이 밤에 열을 조금씩 내뿜어 따뜻하게 만들기까지 하니, 1석 3조의 효과가 있다고 할 수 있다.

생태 미장을 거친 건물의 모습은 마치 자연과 닮아 있다. 건물 곳곳에 나뭇잎, 바람, 곤충, 물결 모양이 새겨져 있고 기계가 아닌 사람의 손을 거쳐서인지 그 모습이 더욱 편안하고 자연스러웠다. 우린 이곳에서 우퍼로 지내고 있는 미국 친구들이 찍어 놓은 벽돌을 이용해 도서관을 지었다. 피나가 도면을 그렸고, 태국의 다른 공동체에서 온 피나의 친구들이 기초와 골조를 만들었다. 목수들은 벽체에 나무를 세웠고, 우리는 그곳에 벽돌을 쌓고 미장 처리를 했다. 함께 흙을 밟고 줄을 서서 손에서 손으로 벽돌을 옮겼다. 어떤 문양을 넣을지도 같이 고민했다.

이곳은 일하는 방식이 좀 특이하다. 일을 하고 싶으면 하고, 하고 싶지 않으면 하지 않아도 된다. 일을 하고 안 하고는 개인의 선택이다. 땀 흘리고 싶다면 일을 하면 되고, 쉬고 싶거나 개인의 시간이 필요하다면 일을 하지 않으면 된다. 그 누구도 눈치를 주거나 개인의 선택을 비난하지 않는다.

한번은 이틀 동안 일을 열심히 하느라 지쳐서 하루 종일 오후 늦도록 잠을 잤는데 그 누구도 뭐라고 하지 않았다. 피곤하고 고단해 보였던 나를 이해했고 휴식하도록 뒀다. 심지어 밥때가 되어도 아무도 깨우지 않았다. 살면서 한 번도 생각해 보지 못한 자유라 처음엔 좀 충격이었다. 비상식량의 여행에서도 항상 셋이 같이 밥을 먹었으니 우리에겐 '같이 밥을 먹어야 한다'는 암묵적 룰이 있었다. 하지만 사소한 것을 선택할 수 있게 되자 생각 이상의 자유와, 내 선택에 대한 존중감이 느껴져 기분이 좋았다. 늘 '몸 바쳐' 열심히 일해야 한다고 생각했던 내게도 큰 변화가 생겼다. 이곳에서 나는 비로소 일을 할 때 속도에 집착하기보단 여유를 가지는 편이 더 효율적이라는 것, 그리고 충분한 휴식 또한 일의 효율과 만족도를 높인다는 것을 알게 됐다. 무엇보다 중요한 건 자신의 건강과 행복이다.

일을 하는 중간중간 사람들이 자갈밭이나 흙바닥에 누워서 뒹구는 장면을 자주 목격했는데 그 모습이 자유롭고 보기 좋았다. 또 일을 빨리 끝내야 한다는 심리적 압박이 없었기에 우린 도서관을 지으면서 충분히 대화하고 구상하고 더 만족스러운 결과물을 얻을 수 있었다.

이 도서관은 주변 마을의 아이들이 와서 책도 읽고 피나와 피자가 진행하는 수업도 들을 수 있는 공간이 될 것이다. 도서관 하나를 짓는 데 많은 사람들이 손을 모았다. 이곳 공동체 사람들, 멀리서 온 피나와 피자의 친구들, 우리 일행, 미국인 우퍼, 네덜란드인 자원봉사자, 그리고 태국인 대학생들까지. 피나는 이 도서관이 많은 사람들의 공유 공간인 만큼 함께 짓는 데 큰 의미가 있다고 말했다.

이곳 피나, 피자의 공동체에 있는 동안은 순간순간에 집중했다. 일하고, 먹고, 씻고, 이야기하고, 나누고, 집을 짓고, 웃고, 수영하고, 달리고, 걷고, 숨 쉬었다. 외롭다가, 슬프다가, 누군가 그리워졌다가, 다시 대화하며 웃었다. 그 순간순간이, '지금 이대로'가 너무 좋았다. 누군가 '넌 이곳에서 무엇을 느꼈냐'고 물어본다면 인간으로서 자연 속에서, 현재 그대로를 느끼며 머물렀다고 말하고 싶다.

인도

INDIA

유기농 농업 교육에 미래를 걸다, 동남아시아

생태공동체 디자인 교육,
싯다르타 빌리지

아침 여덟 시, 기차 경적 소리에 잠이 깼다. 열두 시간을 달리던 기차가 마침내 멈춰 섰다. 인도 오리사 주의 도시 부바네스와르에 도착했다. 우리를 마중 나온 존과 함께 차로 5분 정도 가니 생태공동체 싯다르타 빌리지(Siddharth Village)가 나왔다. 존은 이 공동체를 만든 장본인으로, 옆집 아저씨같이 푸근한 인상을 풍기는 사람이다. 존 외에도 많은 사람들이 싯다르타 빌리지를 함께 꾸리며 EDE(Ecovillage Design Education, 생태공동체 디자인 교육) 프로그램을 진행한다. 마을 입구로 들어서니 석가모니 벽화들이 보이고, 마음이 편안해지는 음악이 흘러나왔다. 싯다르타 빌리지는 생태공동체답게 어느 정도 식량과 에너지 자립을 이루고 있었다. 농사를 짓고 가축을 키워 식량을 마련하고, 태양열과 빗물, 가축 분뇨로 가스와 퇴비를 만들어 쓴다.

한국에서 온 우리뿐만 아니라 세계 각지의 사람들이 EDE 프로그램에 참여하기 위해 모였다. 흔히들 인도에 가면 많은 것을 깨닫고 온다고 한다. 나는 그 말에 꽤 부정적인 마음을 갖고 있지만 이곳의 수업 만큼은 내게 특별했다고 말하고 싶다. 아니, 소름 끼치도록 놀라운 일들의 연속이었다. 이곳에서 한 달간 수업을 받으면서 나는 주변 사람들과 비상식량 팀원들에게 마음 속에 품고 있던 많은 이야기를 털어놓고 편안해질 수 있었다. 살면서 이토록 벌거숭이가 된 채로 나를 솔직하게 드러

낸 적은 없었던 것 같다. 이곳에서 비로소 우린 그동안 끙끙 앓으며 이야기하지 못했던 자기의 속마음들을 꺼내 놓기 시작했다.

EDE 프로그램은 호주 크리스탈 워터스, 인도 오로빌(Auroville)에 이어 세계 3대 공동체로 손꼽히는 스코틀랜드의 생태공동체 '핀드혼(Findhorn)'에서 시작됐다. 수업은 '월드뷰', '소셜', '에콜로지', '이코노미' 네 파트로 나뉘는데, 이는 공동체를 만들 때 꼭 필요한 근본 요소다. 나를 알아야 세상을 알 수 있고(월드뷰), 스스로를 잘 아는 상태에서 주변 사람들과 관계하고(소셜), 생태공동체를 이룰 때 필수적으로 생태를 알아야 하고(에콜로지), 생태공동체를 지속하기 위한 방안도 필요하다(이코노미). 이 네 가지 기조를 모두 담아 놓은 것이 EDE 코스다.

첫째 날 모두가 둘러앉아 자신을 소개했다. 존은 우리에게 그 소개가 정말 자신이 맞냐고 질문했다. 자기를 소개할 때 단지 자신을 치장하고 있는 것들을 소개한 건 아닌가? 그리고는 "너는 누구인가?"라는 질문을 던졌다. 처음엔 농업 세계일주를 하러 왔는데 농사는 짓지 않고 이게 뭔가 싶었다. 이곳에서 어떻게 생태공동체를 디자인하고 교육하는지 배울 수 있을 줄 알았는데, 소크라테스도 아니고 뜬금없이 '너 자신을 알라'니.

월드뷰 수업은 자신을 정확하게 알고 표현하는 데 집중한다. 자신의 감정을 정확히 이해하면 주변과 원활한 관계를 맺고 의사소통하는 데 도움이 된다. 그렇다면 대체 어떻게 해야 '자신'을 알 수 있을까?

존은 개개인이 가치 있게 여기는 것과 스스로 이루고자 하는 비전에

'자신'이 있다고 말했다. 사람은 오랜 시간 경험한 것들을 토대로 가치의 기준을 만들고 미래에 내가 닿고 싶은 비전을 만든다. 그것은 경제적 가치일 수도 사회적 가치일 수도 있다. 존은 우리가 이 수업을 통해서 지구라는 행성의 한 공동체원으로서 자연과 연결되고 공존하길 바란다고 했다. 그러기 위해서는 먼저, 자신을 알아야 한다.

"각자가 자신의 감정의 주인이 되어야 해요."

존은 우리가 어떤 상황에서 느끼는 감정이 누군가의 말과 행동 때문에 생기는 것이 아니라 자기 자신의 내면에서 일어나는 것이라고 말했다. 중요한 것은 누군가 나를 불행하게 만들 수 없는 것처럼 나 역시 누군가를 불행하게 할 수 없다는 것이다.

이 수업을 들으면서 비상식량 멤버들은 매일 동이 틀 때까지 밤새도록 대화를 나눴다. 이곳에 오기 전, 우리는 1년 넘는 여행 동안에 어느 순간부터 서로 입을 닫아버린 갑갑한 상황이었다. 모두 자신의 속마음, 감정을 솔직하게 말하는 법을 잊고 있었고 서로 관계하고 대화하는 방법에 어려워할 때였다. 그러나 이곳에서 우리는 그 어느 곳에서도 쉽게 말할 수 없었던 일들을 공유하며 서로의 감정을 확인해 갔다. 이 수업이 대화의 물꼬를 튼 것이다. 때론 화를 내기도 하고 원망하기도 했다. 하지만 서로 잘 알고 있었다. 그동안 마음속에 담아 둔 이야기들이 너무나 많았기에 힘들었다는 것을. 그 감정들을 조금씩 꺼내 왔다면 지금의 단절된 상황까지 오지 않았을 것이다.

땅콩게임,
당신은 무엇을 선택할 것인가

월드뷰 수업 중에 땅콩 게임이란 게 있다. 쟁반을 중심으로 사람들이 원을 만든다. 존은 게임의 규칙을 설명했다.

"내게 질문을 하면 안 됩니다. 옆 사람과 말을 해서도 안 됩니다."

그리곤 쟁반 위에 땅콩 한 줌을 올려놓고 그 원에서 빠져나갔다.

많은 사람이 땅콩이 놓인 쟁반을 향해 달려들었다. 몇몇은 많은 땅콩을 가졌고 몇몇은 아예 가지지 못했다. 이걸 왜 하는 건지 의구심이 들었던 나는 땅콩을 집으러 나갈 타이밍을 놓쳤다. 그들 틈에 끼어 땅콩을 잡는 게 무서웠다. 먹이를 향해 달려가는 무서운 야생의 세계가 떠올랐고 누군가 다치지 않을까 걱정도 됐다. '그냥 땅콩을 조금씩 나눠 가지면 안 되나?' 하는 생각도 했다.

게임 후에 우리는 대화를 나누었다. 우리가 느낀 감정은 놀라울 만큼 다양했다. 경쟁심, 시기심, 무력감, 의심, 재미, 만족, 행복 같은 다양한 감정이 얽히고설켜 있었다.

이 게임의 목적은 사람들로 하여금 자신이 어떤 시스템 속에서 살아가는지 인지할 수 있도록 하는 것이다. 존은 게임을 시작할 때 땅콩을 가져야 된다는 규칙을 설명하지 않았다. 그저 아무런 질문도 하지 못한다고 말했고 땅콩을 놓고 그 자리를 떠났을 뿐이다. 그런데 우리가 경쟁을 선택하며 하나의 시스템이 만들어진 것이다.

뒤통수를 얻어맞은 느낌이었다. 참가자들은 서로 경쟁하지 않고 땅콩을 나눠 가질 수도 있었다. 모든 가능성이 열려 있었는데 대다수의 사람이 당연하다는 듯 경쟁을 선택했다. 또 존이 어떤 질문도 하지 말라고 했을 때 모두가 그의 말을 따랐다. "왜 내 말을 따랐냐"는 존의 질문에 또 한 번 뒤통수를 맞은 느낌이었다. 질문을 하고 옆 사람과 대화를 하는 것도 모두 우리의 선택이었다.

우리 삶의 얼마나 많은 부분이 이와 같을까. 우리는 누군가 만든 시스템 속에서 의문을 품지 않고 살고 있다. 그리고 자연스럽게 따라오는 암묵적이고 권위적인 규칙들을 그대로 지키고 있다. 우리 인생도 마찬가지다. 나는 태어나 아무 의문 없이 유치원을 다니고 학원을 다니고 학교를 다녔지만, 내가 이 길을 스스로 선택한 적은 별로 없었던 것 같다. 어릴 땐 판단하고 선택할 힘이 부족했다 쳐도 어른이 되어서도 타인의 눈치를 살피며 선택한 것들이 많았다.

이곳에서 나는 그 누구의 눈치도 보지 않고 온전히 나에 대해 생각했다. 나는 어떤 언어를 쓰고, 어떻게 행동하며, 어떨 때 힘들고, 어떨 때 타인의 눈치를 보는지 하나하나 기록하고 관찰했다. 나를 알아가는 그 시간들이 힘들기도 했지만 행복했다.

유기농 농업 교육에 미래를 걸다, 동남아시아

나를 돌아보고, 타인과 소통한다

월드뷰 수업이 나에 대해 깊이 고민하는 시간이라면, 소셜 수업은 타인과 어떻게 소통할 것인지를 배웠다. 에콜로지 수업은 주변을 느끼고 관찰할 수 있는 시간이었고, 이코노미 수업에서는 돈의 흐름이나 순환에 대한 이야기를 했다.

수업은 대부분 체험과 대화로 이루어진다. '가치'와 '비전'을 이야기하는 수업이 특히 기억에 남았다. 우리는 섬에 혼자 있는 상황을 가정하고 주어진 열 가지 중에서 딱 한 가지만 골라 그 이유를 말했다. 또 자신이 겪은 인생의 사건을 세 가지 골라, 그 이유와 잃은 것과 얻은 것에 대해 이야기했다. 선택을 거듭하며 자신이 가치 있게 여기는 것이 무엇인지 알 수 있었다. 자신이 인생에서 추구하는 가치가 무엇인지 정확히 알면, 어떤 일에도 흔들리지 않는 기준이 된다.

'비전'을 찾는 수업에서는 가치를 명확히 정한 뒤 그 가치를 기반으로 이루고자 하는 미래의 비전을 세웠다. 그리고 그 비전을 이루기 위한 중단기 미션들을 설정했다. 나는 자급자족하는 삶에 가치를 두고, 기아와 가난을 해결하는 청년 농부가 되겠다는 비전을 세웠다. 그걸 이루기 위한 미션은 유기농 농사를 짓는 젊은 농부들의 협동조합이나 공동체를 만드는 것이었다. 미션을 설정할 때는 비전을 채우기 위해 필요한 자원들이 어느 정도 갖춰졌는지 정확히 파악하고 이를 만들어 내는 과정도 고려해야 한다. 그렇다면 이 여행은 내 비전을 이루는 데 필요한 자원을 끌어모으기 위한 첫 번째 미션이 아닐까?

비상식량 팀은 수업이 끝난 후 함께 모여 이 여행의 가치와 비전에 대한 이야기를 나누었다. 하석은 이 여행 자체가 자신이 무엇을 좋아하고 잘하는지 찾는 과정이기에 가치 있다고 말했다. 두현은 함께 즐겁게 여행하는 게 지금 가장 가치 있는 일이라고 했다. 다들 이런 마음을 갖고 있었다는 걸 그때 처음 알았다. 아니 이전에도 이야기를 나눴지만 스스로의 내면을 정확하게 들여다보지 못했던 것 같다.

주변 전통마을을 찾아가는 것을 마지막으로 모든 수업은 끝났다. 싯다르타 빌리지에 있으면서 가장 인상 깊었던 장면을 떠올리자면 다른 사람의 눈을 마주하고 있을 때다. 모든 사람이 일어나 원 안을 돌면서 상대방 손 위에 손을 올려놓고 아무 말 없이 눈을 마주치는 수업이 있었다. 어떤 책에서 본 것처럼 사람들의 눈에는 정말 우주가 담겨 있었다. 살면서 타인의 눈을 이렇게 오랫동안 아무 감정 없이 바라보았던 적은 없었다. 오래 보면 볼수록, 깊이 보면 볼수록 상대의 눈에 빠져들었다. 처음엔 어색해서 웃기도 했지만 빠르게 상대방에게 호감을 느낄 수 있었다. 그리고 나중엔 감동이 일었다. 아, 정말 말로 표현하기 힘든 신비한 감정이었다.

이곳에서 나는 나의 내면을 들여다보는 방법을 배웠다. 그리고 타인에게 솔직하게 내 감정을 전달하는 법을 배웠다. 물론 이곳에서 배운 것들을 내 삶에 적용하고 올려놓는 데는 오랜 시간이 걸릴지도 모르겠다. 하지만 언젠간 닿을 것이다. 군더더기 없이 담백한 나에게.

네팔

NEPAL

유기농 농업 교육에 미래를 걸다, 동남아시아

농장 대신 산으로,
히말라야 트래킹

2015년 3월 9일. 호주로 떠났던 게 2013년 12월이었으니, 1년 하고도 3개월이 지났다. 인도를 떠나 네팔 카트만두에 가까워지자, 언제부터 쌓여 있었을지 가늠도 되지 않는 하얀 눈옷을 입은 히말라야 산맥이 눈에 들어왔다. 저게 정말 텔레비전에서만 보던 히말라야구나. 아무 말 없이 넋 놓고 한참을 바라봤다. 비행기가 착륙하고 공항을 느릿느릿 달릴 때도 그 아름다운 자태에 눈을 떼지 못했다. 이곳 네팔에 넘어올 때도 역시 농업과 관련된 단체를 가기로 마음먹고 왔었다. 그런데 히말라야를 보고 있으니 '이곳까지 왔는데 저 눈을 꼭 한 번 밟아 봐야겠다'는 도전 정신이 마음 깊은 곳에서 작게 피어올랐다. 작은 불씨는 이내 활활 타올랐다. 그냥 던지듯이 "우리 산에나 올라갈까?" 물었는데 팀원들 모두가 너 나 할 것 없이 "그래, 가자!"고 대답했다. 그래서 히말라야의 눈을 밟는 것으로 목표를 바꿨다.

트래킹 3일째, 푼힐 전망대에 오르는 날. 깜깜한 새벽에 눈을 떴다. 푼힐 전망대에서 일출을 보려면 해가 뜨기 전에 전망대까지 도착해야 한다. 하지만 눈을 뜨자마자 눈곱도 떼지 않은 상태에서 2800미터가 넘는 산을 오르는 건 쉽지 않았다. 몇몇 팀원들은 몇 번이고 어지럽다며 발걸음을 멈췄다. 아침부터 급하게 오르느라 호흡이 쉽지 않은 듯했다.

하지만 막상 오르니 전설적인 풍경이라 할 만큼 8000미터 설산에 비치는 햇살이 예술이었다. 살짝 구름이 걸려 있는 설산이라니. 이 모습 하나가 수많은 산악인들을 불러들이고 우리까지 이곳에 불러들였다.

다시 이동하면서, 촬영 문제로 비상식량 팀원들 그리고 동행하는 일행들과 마찰을 빚었다. 산길을 오르는 것만으로도 힘든데, 무거운 카메라까지 들고 촬영을 하려니 모두 지친 기색이었다. 다들 촬영을 잠시 쉬자고 했지만, 영화 제작진과 약속을 한 상황이라 나는 그럴 수 없다고 주장했다. 제작사와 일행들 중간에 낀 나는 이러지도 저러지도 못했다. 외롭고 힘들었다. 무엇보다 팀원들에게 이런 내 행동을 이해 받지 못하는 것 같아 힘들었다. 끝내 카메라를 짊어진 내게 동행한 일행이 몇 마디 거친 말을 내뱉었다. 나는 트래킹 가이드인 쌈데에게 혼자 걷는 시간이 필요할 것 같다고 말하고, 숙소가 나올 때까지 반나절을 혼자 걸었다.

나는 왜 이 길에 있는 걸까? 그리고 우린 왜 계속 다투는 걸까? 언제까지 서로에게 상처를 주면서 이 여행을 계속해야 할까? 정말 궁금했다. 다 털어 버리고, 다 정리되었다 생각했는데 왜 자꾸 감정이 산 타듯 오르락내리락하는지.

결국 그날 저녁 우린 좀 크게 싸웠다. 다들 크게 고함을 지르고 악을 쓰며 싸웠다. 이때 느꼈다. 난 사람을 열 받게 하는 데 소질이 있다는 것과 상처 주는 말을 잘한다는 것. 참 불필요한 것에 특기가 있었다. 엄청난 말들이 서로 오갔다. 상황이 종료됐을 땐 거의 전쟁터의 폐허를 보는 듯했다. 그리고 다음 날 우린 조용히 조용히 걷기만 했다.

유기농 농업 교육에 미래를 걸다, 동남아시아

비상식량, 헤어지다

안나푸르나 베이스 캠프에 도착하기 하루 전. 오전 산행에서 드디어 눈길에 들어섰다. 뽀득뽀득 눈 밟는 소리가 기분 좋았다. 비행기에서 바라보던 설산을 드디어 밟은 것이다. 눈은 무릎 약간 아래를 덮을 정도로 쌓여 있었다. 반사되는 햇빛이 강해 눈을 뜰 수가 없었다. 두 개 뿐인 선글라스를 서로 돌아가며 썼다. 밝은 햇살 아래 있으니 차가운 눈이 포근한 느낌이었다.

그날 저녁, 산장 휴게실에서 음악판이 벌어졌다. 저녁시간이면 대부분의 사람들이 추위를 피해 따뜻한 난로가 있는 휴게실로 모여드는데 때마침 하석과 쌈데가 연주를 시작했다. 두현이 틈틈이 나와 춤을 추었다. 여행에 음악이 함께 한다는 건 축복이다. 새삼 하석에게 고마운 마음이 들었다. 힘들게 우쿠렐레를 메고 올라온 보람이 있었다. 두현의 젬베도 있었다면 더 좋았을 텐데 무게가 보통이 아니라 아래 숙소에 두고 왔다. 다들 기분이 좋은지 웃고 박수를 쳤다. 모두가 음악으로 하나가 되었다.

즐거운 시간을 보내고 우리는 모여 차분히 이야기를 나누었다. 서로 지금의 심정을 이야기했다. 감정 상태나 여행에 대한 생각들. 인도에서 나눈 이야기의 연장선이기도 했다. 이렇게 좋은 곳에서 싸우다니. 하지만 히말라야 설산이기에 벌어질 수 있는 일이라 생각했다. 이야기는 두 가지 결론만 남겨 두고 있었다. 세계일주를 계속할 것인지, 아니면 이대로 각자의 여행을 할 것인지. 이제 그만하고 싶단 생각을 수도 없이 했는데 정말 그렇게 될 수도 있다고 생각하니 아쉽고 슬펐다.

이야기를 끝내고 밖으로 나오는데 소름 돋을 정도로 많은 별이 하늘에 다닥다닥 붙어 있었다. 카메라로 별을 담다가 멍하니 밤하늘을 바라봤다. 네팔의 밤하늘은 이렇구나. 설산에 달빛이 반사되는데 푸른 빛이 돌았다. 밤하늘은 파랬다. 별과 달은 노랗고 바위들은 새카맸다. 산장에서 흘러나오는 빛에 비친 눈밭은 은은한 노을색이 돌았다. 때때로 바람소리가 들려왔다. 많은 것이 만족스러운 밤이었다.

히말라야에서 내려온 지 4일이 지났다. 우리는 서로 각자의 길을 가기로 결정했다. 썩 마음에 드는 결론은 아니었지만, 이 상황에서 우리가 할 수 있는 최선의 선택이라는 것을 모두 다 인정했다.

두현은 네팔에 남아 좀 더 여행을 하기로 했다. 나와 하석은 한국으로 돌아가기로 했다. 이렇게 갑작스럽게 끝날 줄은 몰랐다. 여전히 아쉬웠고 슬펐지만, 홀가분하기도 했다. 그렇게 우리의 여행은 끝났다.

빛만 남은 청춘이여

4월 8일. 여행이 끝나고 한국에 돌아온 지 나흘이 지났다. 짧은 시간 동안 많은 사람들을 만났다. 가족, 고향 친구, 교수님, 학교 선생님들, 후배들, 그리고 동네 형님과 누나들을 만나 인사를 드렸다. 여행을 한 만큼 할 이야기가 많을 줄 알았다. 그런데 여행 이야기가 나오지 않았다. 그냥 어제 보다가 오늘 다시 본 느낌이었다. "많이 탔네", "수염 봐라, 고생했네"라는 말들이 오갔다. 다들 짧은 인사로 따뜻하게 맞아주었다. 한국은 1년 6개월만에 돌아온 것치곤 별로 변한 게 없었다.

여행의 여독은 어마어마했다. 매일 피곤해서 몸을 잘 가누지 못했다. 그동안의 긴장감이 풀려서 더 그랬다. 휴식 속에 막막함도 느꼈다. 앞으로 어떻게 땅을 구해 농사를 지을까? 그리고 학자금 대출금 500만 원을 갚으라는 문자. 치과에 검진을 받으러 갔다가 생긴 치료비 200만 원. 돌아오자마자 700만 원이란 빚이 내 앞에 놓였다. 이 농장 저 농장 다니며 배운 게 많으니 이제 희망에 가득 찬 마음으로 농사를 지어야 하는데 돌아왔더니 빚쟁이란 사실이 살짝 절망을 안겨 주었다. 매일 밤 방에 누워 천장을 바라보며 앞으로 뭘 어찌해야 할까 고민했다. 그렇게 차츰 붕 떠있는 마음을 현실에 적용시키기 시작했다.

고민이 많을 땐 움직이는 게 최고지. 때마침 열린다는 농업박람회를 찾아 갔다. 농업 정책이나 기술, 아이디어를 얻을 수 있을 거란 기대였다. 하지만 지원사업과 정책을 아무리 봐도 내 고향 통영은 해당되는 지역도 아니고 대부분의 지원사업이 대학생 신분인 나는 받을 수 없는 것들이었다.

집 짓는 곳에 한번 가보고 싶단 생각이 들어 보파의 소개로 한옥 집을 직접 짓고 있는 젊은 부부의 집에 찾아갔다. 보파는 이 부부가 "전기와 가스, 수도도 없이 동백 숲에 사는 커플"이라고 말해 주었다. 이들이 어떻게 살아가는지 더 궁금해졌다. 그동안 살아온 환경이 있었을 텐데 그 편리함을 포기하고 산속에 들어간 이유가 궁금했다. 과연 그런 삶이 고통스럽지는 않은지. 그들이 살아가는 풍경은 어떠할지 보고 싶었다.

30대 중반의 이 젊은 부부는 정말 숲 속에서 전기도 가스도 없이 아궁이에 불을 떼며 살고 있었다. 전자제품이라곤 휴대폰 하나가 전부였는데 손바닥만 한 태양열 판넬에 전기를 충전해 쓰고 있었다. 곧 아이가 태어날 거라 두 사람은 욕조가 들어가는 작은 다용도실을 준비하고 있었다. 내가 방문했을 땐 짓고 있던 한옥의 벽체만 완성하면 되는 단계였다. 그래도 태국에서 흙 좀 발라 봤다며 열심히 일을 도왔다. 그러면서 틈틈이 한옥을 어떻게 설계했는지 물었다. 전국의 친구들이 집을 짓는 두 사람을 도우러 왔다고 했다. 1년 가까이 공사를 했는데 많은 사람들의 손을 거쳐 지금 이 단계까지 온 것이다. 그래서 부부에게 이 집은 친구들의 마음이 담긴 곳이라고 했다. 내게도 도와줘서 고맙다며 맛있는 비빔밥을 차려 주었다.

이들 부부를 만나고 나서, 보파도 보고 별에별꼴의 식구들도 만나 볼 겸 금산에 놀러 갔다. '별에별꼴'은 대여섯 명의 청년들이 금산의 한 작은 폐교를 빌려 꾸려가는 청년공동체로 매년 인원이 바뀐다고 했다.

2층으로 된 학교를 중심으로 운동장은 천연 잔디로 덮여 있고 학교 뒤쪽엔 식당이 있었다. 그리고 두 건물 사이엔 식구들이 식사를 하는 야외 식탁이 있었다. 처음 이들을 만났을 때 나는 그들의 에너지에 놀라 어쩔 줄을 몰랐다. 한국 땅, 그것도 내 또래 중에 이렇게 날 것 같은 친구들이 있을 줄 상상도 못했다. 첫 만남에도 벽이나 거부감이 하나도 없었다. 이런 별에별꼴이 겨울에는 사라질지도 모른다고 했다. 폐교를 소유한 단체에서 이곳을 매각한다며 비워 달라고 했기 때문이란다. 가슴 아픈 일이다. 이곳에서 나가게 되면 다들 어디로 갈지.

두 곳에 다녀온 후, '나는 저 친구들 같은 삶을 살 수 있을까?' 고민해 보았다. 솔직히 힘들 것 같았다. 여행을 하면서 몇 번 겪어 봤지만 나는 에너지의 소비를 줄여서 살 순 있겠지만 단절하고 살 순 없을 것 같았다. 그럼 난 어떻게 살고 싶은 걸까? 분명한 것은 나는 자연 속에서, 자연과 어우러져 생태적인 삶을 살고 싶다는 것. 그리고 지역 사회에 도움이 되는 일을 하고 싶다는 것이었다.

생각 끝에 창업을 해야겠다는 결론에 다다랐다. 농사를 지을 수 없다면 농업을 기반으로 한 창업을 해서 돈을 모으고, 공동체를 만들어 청년 농부를 돕고 싶었다. 그러기 위해선 어느 정도 물질적 기반이 필요하다. 하지만 나는 창업을 위한 공부도 부족하고 자본도 없었다. 아니 오히려 빚쟁이였다. 그래서 우선 돈을 벌고, 자본금을 모아야겠다는 생각에 이르렀다.

이대로 끝나도 괜찮겠니?

영화 감독님에게 연락이 왔다. 한국에 돌아왔으니 한번 모이자고 했다. 두현의 집에서 이번에 모내기를 하니, 모두 모여서 그동안의 이야기를 하자고 했다. 이렇게 우리는 한국에 돌아온 지 한 달쯤 되는 날 두현의 집이 있는 산청에서 모였다.

함께 저녁을 먹으며 이런저런 이야길 나눴다. 네팔에서 있었던 이야기. 영화 제작진에게 품고 있었던 원망감이나 실망감도 이야기했다. 한 달이라는 시간이 흘러서일까. 함께 여행을 할 땐 미처 풀지 못 했던 매듭이 하나씩 풀려나가는 듯했다. 평정심을 되찾자 마음이 편안했다. 그런데, 갑자기 감독님이 우리에게 여행이 이대로 끝나도 되겠냐고 물었다. 순간 비상식량 팀원들의 동공이 일제히 불안하게 흔들렸다. 감독님은 우리에게 유럽에 가 보는 게 어떻겠냐고 제안했다.

아쉬움, 미처 갈무리 짓지 못한 느낌은 들었다. 하지만 덜컥 두려움이 앞섰다. 또 다시 같은 상황이 반복되면 어쩌지? 서로에게 상처를 주고 끝나 버리면 어쩌지?

내겐 '다름'을 받아들이고 포용하는 힘이 부족했다. 다들 20년 넘게 다르게 살아왔다. 인간, 남성, 농업이라는 몇 가지 공통점은 있지만 달라도 너무 다른 우리였다. 그런 팀원들의 다름을 난 이해하고 받아들이지 못했다. 아니 이해하려고 하지 않았다. 그때 답답하게 만들었던 장막이 이것이었다. 항상 함께 먹고 자고 했던 이들에게 내 마음을 닫아 놓고 '왜 느그는 표현을 안 하노?'라고 말하며 혼자 열려 있는 '척'했었다. 답답함은 내 마음에 있었고 그 문은 내가 열지 않은 것이었다. 세상 누구도 탓할 수 없는 내 잘못이었다. 나는 반성하고 있었다.

다음 날 우린 두현의 가족을 도와 모내기를 했다. 모내기가 끝나고 다시 한 번 여행을 갈 것인지 팀원들의 생각을 물었다. 다들 다시 떠나는 것에 동의했다. 결정은 내렸지만 마음은 여전히 무거웠다. 걱정이 되지 않는다면 거짓말이었다.

다만 이번 유럽 여행은 목적이 더 분명했다. 그동안 여행을 다녀 본 터라 정보도, 경험도 더 많았다.

'유럽은 농업의 다음 세대를 어떻게 만들어 가는가?'

한국에 돌아와 농업의 진입장벽이 높다는 것을 톡톡히 느낀 나는 유럽은 이 진입장벽을 어떻게 낮추고 청년들을 농업에 유입시키는지 보고 싶었다. 유럽의 젊은 농부들은 왜 농부가 됐고, 어떤 철학이나 가치관을 갖고 있는지 궁금했다. 그리고 어떻게 자급자족하고 수익을 내며 살아가는지 보고 싶었다.

10년 뒤 농사를 지을 내 모습을 기다리고 꿈에 그리면서 직장생활로 돈을 모으기보단, 지금 당장 내 농업에 뛰어들 수 있는 방법이 있을까 궁금했다. 욕심일 수 있지만 그렇게 하고 싶었다. 더 이상 남의 농장에서 일하고 싶지 않았다. 앞으로 어떻게 시작해야 할지 그 답을 유럽에서 찾고 싶었다.

유기농 농업 교육에 미래를 걸다, 동남아시아

PART-3

함께 일하고,
함께 살아가는
유럽

2015년 7월 15일, 다시 농업 세계일주를 시작했다.
이탈리아에서 출발해 프랑스, 벨기에를 거쳐 농업강국
네덜란드까지 가 보기로 했다. 이번 유럽 일정의 경비는
총 120만 원. 네팔에서 여행을 마치고 돌아올 때 남은 경비다.
세 사람이 45일간 물가 비싸기로 소문난 유럽의 네 나라를
여행하기에는 적은 금액이다. 하지만 괜찮았다. 유럽에
떨어지기만 하면 어떻게든 살아남아 생활할 수 있으리란
막연한 자신감이 있었으니까.

이탈리아
ITALY

함께 일하고, 함께 살아가는 유럽

남는 땅 있는데
농사 지어 볼래?

유럽의 첫 목적지, 로마에 도착한 우리는 바로 토스카나 지방의 아르치도소라는 작은 마을을 찾아갔다. 해발 700미터의 고산지대에 자리한 이 마을은 이탈리아에서 두 번째로 높은 화산인 몬테 아미아타의 산자락에 있다. 우리는 아르치도소의 '리베레리아(Libereria)'라는 단체를 방문했다. 리베레리아는 이탈리아 여러 지역에서 자연 농법으로 농사를 지으며, 평화를 지향하고 환경을 보호하는 다양한 프로젝트를 한다.

이곳에 머무르는 이들을 보자마자 떠오른 첫인상은 '자유', 히피', 그리고 '명상'이었다. 전 세계에서 온 친구들이 하루 종일 기타를 치고 요가, 명상을 하고 술을 마셨다. 마냥 노는가 하면 농사 일도 했다. 이곳의 대장 격인 로렌조는 우리에게 그들의 농장을 소개해 주었다. 죄다 돌로 만들어진 성채와 길, 건물 그 아래로 500평 규모의 농장이 드넓게 펼쳐져 있었다.

이 단체는 누구나 자유롭게 오갈 수 있도록 개방하고 있다. 여행을 하다가 잠깐 머물며 한숨 돌리고 떠날 수 있는 곳. 로렌조는 긴 여행의 끝에 이곳을 만들기로 결심했다. 어릴 적 자전거로 다 돌아다닐 수 있는 작은 시골의 통나무집에서 자란 그는 런던, 마드리드와 같은 대도시에서 뭔가 채워지지 않는 부족함을 항상 느꼈다. '왜 나는 살아 있는 걸까?', '삶의 목적은 뭘까?' 답을 찾기 위해 로렌조는 유럽 여행을 시작했다. 최대한 돈을 쓰지 않고 채식을 하며 모든 걸 자급자족하는 여행. 스스로 물과 음식을 구해 먹고 히치하이킹만으로 이동했다. 날이 아무리 궂어도 잠은 항상 밖에서 잤다고 한다. 런던의 거리에서 얼어 죽을 것 같은 겨울을 보내고 인도를 거쳐 8년만에 다시 이탈리아로 돌아온 로렌조는 자신의 집을 팔았다. 사실 그는 그 돈을 가족에게 주고 다시 여행을 떠나려고 했다. 하지만 그의 발걸음을 붙잡은 것은 바로 이탈리아가 품고 있는 수많은 사회 문제들이었다. 높은 실업률에 절망한 젊은 이들은 약물과 술에 취해 있었다. 그는 이게 단순히 이탈리아에만 국한되는 문제가 아니라 전 세계가 품은 문제라는 것을 깨달았다. 청년문제뿐만 아니라 에너지의 생산과 소비에도 큰 문제가 있었다.

"주변을 돌아보면 에너지가 널려 있다는 것을 알 수 있어. 태양, 식물, 물, 이런 자연들 말이야. 그런데 사람들은 오히려 자연을 파괴해서 에너지를 얻고 있지. 이건 잘못됐어."

그는 이런 문제들을 해결하기 위해 리베레리아를 만들었다. 끊임없이 경쟁하고 무언가를 생산해야 하는 공격적인 삶 대신 자연 안에서 평화롭게 살아갈 수 있는 공간을 마련하기 위해서였다.

이곳은 이름대로 도서관의 역할도 하고 있는데 자연의학, 자연농법, 생태에 관한 2천여 권의 책을 보관하고 있다. 로렌조는 이곳을 찾는 젊은이들이 이 문화를 전달 받고 전달하길 바랐다.

"고통의 가장 큰 원인은 바로 무지 때문이야. 어떻게 문제를 처리하고 해결할지 모르기 때문에 엉뚱한 방식으로 해결하려고 하는 거지. 이런 식이면 자연도 사람도 고통 받을 수밖에 없어."

이곳에서는 다양한 나무와 꽃을 키우고, 토마토, 콩, 감자, 치커리, 딸기 등 여러 작물을 수확하고 있다. 로렌조는 야생초나 약초에도 눈이 밝았다. 퇴비는 숙소와 식당에서 나온 음식물 찌꺼기로 만들어 쓴다.

그는 도시에 살든 시골에 살든 흙과 가까운 삶에서야 비로소 편안함을 느낀다고 했다. 그러면서 자연농법을 창시한 후쿠오카 마사노부의 철학을 들려 주었다. 생산에만 치중된 농사, 소모적인 농사는 땅을 메마르게 하고 물을 오염시킨다. 로렌조는 '생산'에 집중하기보다는 밭의 생태계가 순환하도록, 그리고 그 순환의 고리에 인간도 들어갈 수 있도록 노력하고 싶다고 했다. 그래서 자급자족할 수 있는 삶을 위해 계속해서 공부하고 있었다. 로렌조는 자연 속에서 동식물과 곤충 그리고 인간이 공존하는 농사를 지향하며, 모든 생물을 존중하고자 한다. 농사만이 아니라 생활에서도 그런 신념이 드러나는데, 석유에너지를 사용하지 않고 물을 오염시키지 않는 방안을 계속 고민했다. 밤에는 전등 대신 초를 켜고 기계가 아닌 사람 손으로 직접 작물을 키웠다. 설거지는 숯과 커피가루, 식초를 사용하는 게 이곳에 머물 때 지켜야 하는 규칙이다.

로렌조는 '사람은 이타적인 마음을 가지고 있다'고 믿는다. 지금 농사를 짓는 땅은 로렌조의 프로젝트에 공감한 인근의 레스토랑 주인이 선뜻 내어준 땅이다. 방치된 채로 경관을 망치는 땅을 보며 고민하던 레스토랑 주인이 로렌조를 찾아와 물었단다.

"남는 땅이 있는데 농사지을 생각 있나?"

그렇게 이곳에서 농사를 짓게 되었다. 이때부터 로렌조는 주변에 노는 땅을 찾기 시작했다. 주인을 찾아가 버려진 땅을 살아 있는 땅으로 가꾸겠다며 사용 허락을 받았다. 때론 주인을 못 찾을 때도 있는데 이럴 땐 그냥 농사를 짓는다고 한다. 영리 목적으로 땅을 사용하는 것이 아니기 때문에 문제될 게 없고, 만약 문제가 생기더라도 그냥 땅에서 나가면 되니 고민도 걱정도 없다.

"토지가 비옥해지는 데에는 3년에서 5년의 시간이 걸려."

척박한 땅이 다시 숲과 같은 자생력을 회복하는 데 걸리는 시간은 짧지 않다. 그들이 농사짓는 이곳도 아직 충분히 비옥하지 않다고 했다. 밭의 다양한 요소를 모두 고려하기엔 그들은 아직 미숙하고 기술이 부족했다. 농업은 세대를 거쳐 쌓은 경험과 지혜를 기반으로 수없이 실험하고 연구해야 하는데 그러한 농업 기술을 가진 마지막 세대들이 모두 도시로 떠나버린 것을 로렌조는 안타까워했다.

우리는 로렌조와 많은 이야기를 나누었다. 이야기가 끝난 후 다음 날 일정에 대해 우리 셋은 머리를 맞대고 고민했다. 로렌조가 지향하는 바에는 공감하고 배울 점도 많았지만 우리가 찾던 곳은 아니라는 게 모두의 의견이었다. 농업보다는 자유롭게 휴식할 수 있는 곳이라는 인상이 더 강했다. 농업과 땅을 더 가깝게 느낄 수 있는 곳으로 가고 싶었던 우리는 다음 날 이곳을 떠나기로 했다.

정부의 땅을 무단 점거한 청년들, 테라베네 카이코치

다음 방문지를 고민하는 우리에게 아르치도소에서 만난 한 친구가 '테라베네 카이코치(Caicocci Terra Bene Comùne)'라는 단체를 만나 보라고 추천해 주었다. 테라베네는 농지 확보 운동을 하는 친환경 자급자족 공동체다. 테라베네 카이코치는 1년 전, 사람이 살지 않는 빈 농가에 청년들이 들어와 만들었는데, 사실 이곳은 이탈리아 정부가 소유한 땅이다. 살아가고 농사지을 땅이 필요했던 청년들이 이곳을 무단 점거했다. 이탈리아 청년실업률이 40퍼센트에 육박한다는 이야기를 들은 적이 있다. 실제로 로마에 갔을 때도 거리를 떠도는 청년 노숙자들을 많이 마주쳤다. 기차역으로 우리를 마중 나온 데이비드 역시 같은 맥락의 이야길 했다.

드넓은 해바라기 밭을 지나 움베르티데가 훤히 보이는 꼬불꼬불한 길을 따라가다 보면 테라베네 카이코치라고 쓰인 초록 현수막이 나오고, 산 중턱에 데이비드의 집이 있다. 데이비드는 카이코치에서 아내 크리스티나와 페테, 큰 강아지 용가가 함께 지내고 있다. 로마에 살던 데이비드와 크리스티나는 정착할 농촌을 찾던 중 친구들이 카이코치를 알려 주어 이곳에 왔다.

"여긴 오랫동안 비어 있는 공간이었어. 아무도 살고 있지 않으니 우리가 들어와 살기로 했어."

이들의 무단 점거가 큰 사회 문제가 되진 않을까 걱정됐다. 그런데 한편으로는 비어 있는 곳에 사람이 산다는 게 무슨 큰 잘못일까 하는 의구심도 들었다. 집 없이 거리에 머무는 노숙자 청년들이 이렇게 많은데, 비어 있는 집, 팔리지 않은 집이 있다는 상황 자체가 큰 모순이 아닐까?

카이코치는 산 아래부터 데이비드의 집을 포함한 130헥타르의 지역을 말한다. 카이코치에 모인 열세 농가는 자신들이 살 땅을 마련하고 지키기 위해 연대하고 있다. 이곳엔 빈 공간이 몇 군데 더 있다고 했다.

"너희도 원한다면 그곳에서 살아도 돼."

너무 진지한 제안에 '그럼 나도 여기서 살아도 되겠다'란 생각과 '정말 살아도 괜찮을까?'라는 생각이 얽혀서 혼란스러웠다.

우리가 도착했을 때 이곳은 무척이나 힘든 상황이었다. 카이코치를 포함해 이탈리아 전역에 이례적인 폭염과 가뭄이 두 달째 이어지고 있었기 때문이다. 빈집에 살고 있어 전기와 수도, 가스를 이용하지 못하는 카이코치 식구들에겐 상황이 더 심각했다. 생활 용수로 사용하는 빗물 탱크는 거의 비었고 우리가 머문 지 이틀째 되는 날에는 아예 바닥이 나고 말았다. 다행히도 물을 사용할 수 있는 곳이 한 군데 더 있었다. 집에서 100미터 정도 내려가면 주로 샤워할 때 사용하는 작은 우물이 하나 있었다. 우물에 호스를 연결하여 야외에 설치된 간이 샤워장에서 사용했다. 간혹 일을 하다 너무 목이 마를 때면 가끔 이곳으로 뛰어와 물을 마시기도 했다. 깨끗한 물인지는 중요하지 않았다. 그런 사정까지 따져가며 마실 수 있는 식수가 제대로 없었기 때문이다. 그냥 냄새를 맡아

보고 맛을 보고 괜찮단 생각이 들면 마셨다.

　카이코치는 농사를 짓기도 쉽지 않았다. 땅은 척박하기 그지 없었다. 이곳에서 가뭄과 물 부족을 겪으며 물에 대한 경각심이 점점 커졌다. 마실 물도, 요리할 물도, 씻을 물도 부족한 이곳에서 농사에 필요한 농업용수를 구하는 것은 더욱 힘든 일이었다. 가뭄으로 타들어 가는 식물과 부스러지는 땅. '앞으로 우리가 살아가야 할 미래에도 이렇게 물이 부족하다면 어떻게 하지?' 하루 종일 뜨거운 태양 아래서 땀 흘리며 일하면서도 목마를 때 물 한 모금 마시지 못하는 삶이라. 상상만 해도 괴로웠다. 이탈리아 역사상 가장 무더운 폭염과 긴 가뭄. 한국에선 실감하지 못한 이상기후가 이곳에선 확연하게 드러났다.

　우리는 밭에서 데이비드를 도와 목화솜 뭉치로 땅 위를 덮었다. 데이비드가 세탁기만 한 솜뭉치를 어디선가 가져왔을 때 나는 적잖게 당황했다. '이걸 땅에 깐다고?' 폭신한 솜이불을 만들 수 있을 정도로 새하얀 솜뭉치를 땅에 깐다니, 어디에서도 본 적도, 들은 적도 없는 농사법이었다. 아니나 다를까, 솜에 물을 충분히 적셔 두면 땅과 식물에게 꾸준히 수분을 공급할 수 있지 않을까 하고 아이디어를 떠올린 데이비드의 실험이었다. 과연 될까, 의문이 드는 한편으론 괜찮겠다는 생각이 스쳤다. 수분 공급은 물론이거니와 물 때문에 유실되는 표층토의 영양분도 잡아줄 수 있을 것 같았고 잡초도 덜 자라는 효과가 있을 것 같았다. 일이 끝나자 데이비드는 우리에게 고맙다고 인사했다. 혼자였다면 한참 걸렸을 일이 함께했기에 쉽고 즐거웠다고 말이다.

이 모든 자원은 어디에서 오는가

다음 날 우린 페데와 함께 시내에서 열리는 프리마켓에 갔다. 올해 서른 살인 페데는 프리마켓에서 자신이 만든 수공예품을 판매한다. 카이코치에서 수확한 야채나 과일로 상품을 가공해 판매하지는 않냐고 물어보니 그건 안 된다고 했다. 집에서 수제로 가공해서 판매하려면 허가증을 받아야 하는데, 쉽게 허가를 내주지도 않고 비용도 많이 든단다.

페데는 보이지는 않지만 자신이 포함되어 있는 도시의 시스템이 싫어 카이코치에 왔다. 누군가의 명령을 듣거나 강요 받는 삶이 아니라 스스로 선택하고 결정할 수 있는 삶을 선택한 것이다. 페데의 이야기를 듣고 있던 하석이 문득 이렇게 물었다.

"이곳에서는 물, 전기, 가스 같은 에너지가 풍부하지 않아서 요리를 할 때는 직접 불을 피워야 하고 화장실도 생태화장실을 이용해야 하잖아. 게다가 농사짓기도 힘들고. 자급자족만으로는 금전적인 고민도 있을 텐데, 그래도 이곳에 있는 게 행복해?"

"이전에 집에 있을 땐 언제든 물을 틀면 깨끗한 물이 나오니까 물이 어디에서 오고 어떻게 흘러가는지 단 한 번도 생각한 적이 없었어. 하지만 이곳에 오면서 자원을 생각하며 똑똑하게 쓰는 방법을 배웠어. 여기서는 햇빛과 물, 그리고 자연과의 공존을 항상 생각하거든."

크리스티나와 데이비드도 행복하냐는 질문에 비슷한 대답을 했다.

"세상은 소비만 하는 사회가 됐어. 생산을 하는 사람은 극히 일부에 불과하고 나머지는 그저 소비하고 또 소비하지. 우리는 자족자급하며 살아가고 싶어. 건강한 땅이 바로 우리의 미래인 거야."

하루는 오전 내내 농사 일을 돕고 오후에 데이비드와 크리스티나를 따라 또 다른 프리마켓에 갔다. 찾아가기도 힘든 산 중턱에서 열리는 프리마켓이었는데 어찌나 많은 사람들이 방문했는지, 주차장 밖까지 차들이 줄지어 서 있었다. 재미있는 건 프리마켓이 열리는 장소가 마켓에 참여하는 회원 한 명의 집이라는 것이었다. 마켓은 마치 홈파티처럼 진행됐다. 주인이 마련한 핑거푸드와 과일, 음료, 술이 테이블 한가득 차려져 있고, 집을 중심으로 마켓에 참여한 사람들의 노점들이 열려 있었다. 오늘 갓 구운 빵과 치즈, 쿠키, 과일과 야채, 방목해서 키운 닭의 달걀, 손수 만든 목걸이와 팔찌, 각종 절임 음식과 효소. 크리스티나와 데이비드는 잼을 가져왔다. 아는 사람들이 주로 찾아온다는 이 마켓은 병을 재활용하고 플라스틱 같은 일회용품은 사용하지 않는다. 생산자와 소비자가 얼굴을 맞대고 '신뢰'를 바탕으로 판매하고 소비하는 시스템이다.

이렇게 예쁜 산골에서 마음 맞는 사람들이 함께 마켓을 열고 파티를 열다니, 낭만적이었다. 마켓은 매달 셋째 주 일요일에 열린다. 알고 보니 벌써 20년이나 되었단다. 농부들끼리 서로 교류하기 위해 만들었는데, 지금은 서로의 근황도 묻고 기술을 공유하는 장이 되었다. 또 혼자선 해결하기 힘든 일들을 함께 의논하고 해결해 나가기도 한다.

이곳에서 만난 한 아주머니의 말이 아주 인상적이었다.

"물건은 마음을 주고받는 것이란다."

농부가 정성 들여 키운 농산물, 직접 손으로 만든 물건에는 이야기가 있고 마음이 있고 정성이 있다. 그러니까 우린 그 정성과 마음과 한 사람의 삶을 물건을 통해 서로 주고받는 것이다. 대형마트에서는 살 수도, 느낄 수도 없는 가치다. 아주머니의 이야기를 들으며 물건의 가치를 다시 한 번 생각할 수 있었다.

프리마켓에서 만난 사람들은 모두 우리에게 큰 관심을 보였다. 그도 그럴 것이 이 깊은 산속에서 아는 사람들끼리만 모여 여는 마켓에 동양인 청년 셋이 카메라를 들고 어슬렁거리니 호기심이 생길 법도 했다. 만나는 사람마다 우리에게 왜 이 여행을 하는지 물었는데, 이야기를 들은 한 스위스 아주머니가 다음 여행지가 정해지지 않았다면 자기가 있는 스위스에 오라며 덥석 이메일 주소를 알려 주셨다. 여행을 통해 이렇게 우리가 사랑 받고 산다는 걸 깨닫는다. 행복했다.

여기서 만난 사람들은 생산자와 소비자의 연결을 중요하게 여기고 있었다. 가족처럼 자주 모여서 소식을 나누고, 필요한 것들을 물물교환하는 모습이 훈훈하고 인상 깊었다. 우리도 언젠간 이런 모습으로 살아갈 수 있겠지?

나흘 뒤 우리는 카이코치를 떠났다. 처음 이곳을 소개해 준 친구에게 감사의 전화를 했다. 두현은 나무토막에 '비상식량'이라는 글자를 새겨 우릴 잊지 말라는 말과 함께 선물했다. 나는 팔찌를 만들어 선물했다. 짧은 기간, 깊이 정든 카이코치를 떠나기 아쉬워 발걸음이 너무 무거웠다.

함께 일하고, 함께 살아가는 유럽

청년 농부들이 가득!
테라베네 몬데기

하루 중 태양이 제일 뜨거운 한 시부터 세 시, 한낮의 더위를 피해 휴식을 취하는 시에스타 시간이 끝날 무렵 우리는 테라베네 몬데기(Mondeggi Bene Comùne)에 도착했다. 몬데기 역시 카이코치와 같이 정부의 땅을 점거해 농사짓는 이들이 모인 테라베네 커뮤니타다. 카이코치와 다른 점은 몬데기에는 청년들이 무척이나 많이 모여 있다는 것! 세계일주를 떠나기 전부터 청년 농부들이 바글바글 모여 농사짓는 모습을 언젠간 볼 수 있으리란 희망을 품었다. 이곳에서 그토록 꿈꾸던 모습을 마주칠 수 있었다.

몬데기에 살고 있는 사람은 스무 명 정도지만 집회 때는 주변 곳곳에서 200여 명이 이곳으로 모인다. 집회가 그 정도면 축제 때는 더 많이 몰려오겠지. 농부만이 아니라 여행가, 건축가, 사진가, 우체부 등 마을 하나는 거뜬히 만들 수 있을 정도로 다양한 재능과 직업을 가진 친구들이 이곳에 찾아온다. 생업이 따로 있는 마을 사람들도 농사 일을 하고 싶거나 저녁을 함께 먹고 싶으면 몬데기로 와서 일을 거든다. 그 어디서도 볼 수 없었던 모습이 너무 신선했다.

몬데기에 모인 친구들은 하나같이 '나는 자유로운 영혼이다'라고 외치듯 편안한 복장이었다. 막 도착해서 몬데기 친구들에게 인사를 건네는데 인사가 끝나기 무섭게 같이 일하러 가자고 했다. 도착하자마자 일

함께 일하고, 함께 살아가는 유럽

이라니. 우리가 일 좋아하는 건 또 어떻게 알고! 어디서든 일 잘한다고 칭찬받는 우리의 저력을 보여 주겠다는 마음으로 겁도 없이 흔쾌히 따라갔다. 그동안 다양한 농사 일로 단련한 우리는 이탈리아 친구들과의 한판 대결이라며 마냥 들떴다.

그렇게 밴을 타고 감자밭으로 간 우리는 저녁까지 허리 펼 새도 없이 감자를 캤다. 땀은 뚝뚝 흘러내리고 목이 말라 마른 침만 겨우 삼키는데 감자는 캐도 캐도 끝이 없었다. 천 평 가까운 밭을 기계 하나 없이 오로지 손으로만 캐다 보니 열 명이 넘는 인원이 함께 해도 일이 도무지 끝나지 않았다. 가뭄 때문인지, 아니면 농사를 지은 지 얼마 안된 땅이라 그런지 감자는 씨알도 작고 수확량도 적었다. 하지만 살짝 맛본 생감자의 맛은 떫지 않았다. 생각보다 달달했다. 척박한 땅에서 키워 낸 청춘의 맛이었다.

몬데기 농장의 전체 면적은 170헥타르, 대략 51만 평 정도다. 17세기경 한 부유한 가문이 토지가 없는 마을 사람들을 위해 이곳을 공유재산지로 내놓았다고 한다. 그러나 토지에 부가되는 세금이 점점 높아지자 지주는 결국 5년 전 이곳을 떠나고 말았다. 이후 정부의 땅 갈취를 반대하며 스무 명의 청년들이 이곳에서 살아가고 있다. 함께 밥을 먹고 땅을 경작하고, 사소한 문제도 함께 의논하고 결정하는 공동체 테라베네 몬데기. 그들은 이곳을 찾는 사람은 누구라도 환영한다.

해가 저물자 작은 파티가 열렸다. 맥주와 피자 파티였는데 마을 사람들과 주변에서 몰려든 친구들까지 50여 명이 참석했다. 우리도 파티

준비를 도왔다. 설거지를 하고 이들이 직접 만든 맥주를 병에 담았다. 화덕에 불이 오르자 피자 굽는 냄새가 솔솔 풍겼다. 만들어 낸 피자는 90판. 토핑 재료도 모두 유기농이다. 계속해서 불을 때느라 장작이 부족했다. 우린 도끼를 들고 장작을 패다 날랐다.

파티에는 주변 도시 피렌체에서 온 사람부터 먼 나라에서 여행 온 사람도 있었다. 다들 몬데기의 목적과 지향하는 바를 응원하고 있었다. 이탈리아에 경제 위기가 닥치며 많은 시골의 숲과 밭이 버려졌다. 사람들이 떠난 시골에는 더 이상 올리브 농사를 지을 사람이 없었다. 정부는 여전히 부정부패가 심했고 사람들은 정부의 정책만을 기다려서는 아무것도 시작할 수 없다는 걸 깨달았다고 한다. 그래서 올리브 농사를 지으며 시골을 살리려는 몬데기의 활동을 긍정적으로 바라보는 것이다. 몬데기가 앞으로 우리가 지향하며 살아가야 할 방향이라고, 이곳에 모인 사람들은 굳게 믿고 지지했다.

파티의 열기가 한참 무르익었을 때, 나는 올리브밭 아래 쳐둔 텐트로 돌아왔다. 텐트에 누워 있으니 많은 상념이 떠올랐다. 감자밭의 메마른 흙, 물 한 모금이 귀했던 카이코치, 로렌조의 도서관, 땅을 무단 점거해 농사짓는 청년들, 이들을 응원하는 마을 사람들과 이곳에 미래가 있다고 말하는 도시 사람들. 거리의 청년 노숙자, 자급자족하는 삶, 그리고 공동체에서 '함께' 한다는 것의 의미. 같이 감자를 캐며 친해진 빌립보는 '함께'라는 말에 대해 이렇게 대답했다.

"함께 노래하고 함께 그림 그리고 함께 감자를 캐고 함께 요리하고. 무엇이든 함께 하는 순간 내 에너지가 너에게, 너의 것이 나에게, 그리고 다시 너에게로 순환하잖아? 제각각의 에너지가, 생각이 같은 방향으로 나아가며 하나의 큰 흐름을 만드는 거야. 이 흐름이 혼자선 상상도 못할 일을 이룰 수 있게 만들어 줄 거야."

문득 우리가 세계를 여행하며 만나 온 많은 사람들의 방향이 비슷하다는 걸 깨달았다. 우리는 태어난 순간부터 오랜 세월 촘촘하게 구축된 사회 시스템 속에서 살아간다. 그 시스템은 눈에 드러나지 않기 때문에 보통은 의식하지 못한다. 그러나 내가 만난 많은 사람들은 그 시스템을 의식하고 있다. 그리고 의문을 던졌다. 이 시스템 정상적으로 작동하는 건가? 그렇다면 빈부격차는 왜 생기는 거지? 누군가는 굶고 있는데 누군가는 상상도 못할 만큼의 재산을 쌓아두고 있다. 이런 상황에서 이 사회의 시스템이 잘 돌아가고 있다고 말할 수 있을까? 어디부터 톱니바퀴가 잘못 돌아가기 시작한 걸까? 그리고 나는 그 톱니바퀴를 제대로 돌려놓기 위해 무엇을 할 수 있을까? 한번 문제 제기를 시작하자 밤이 깊도록 잠들 수 없었다.

척박한 땅에서 올리브 농사를 짓다

뜨겁다. 어제 너무 늦게 잠들어 더 자고 싶었지만 텐트 안이 찜통이라 일어나지 않을 수 없었다. 매일같이 비가 오길 바라며 마음속으로 기우제를 지냈지만 비가 내릴 낌새가 없었다. 빗물 탱크도 이제 바닥나 물도 나오지 않았다. 이젠 대충 살기로 했다. 물이 귀한 상황이니 씻는 데 얽매이지 않기로 했다.

니콜라가 올리브 가지치기와 따는 법을 가르쳐 준다기에 냉큼 따라나섰다. 니콜라는 대학에서 농업을 전공한 재주꾼이다. 여러 지역의 농장들을 찾아다니며 농업 기술을 배운 그는 지식의 폭도, 깊이도 있어 우리에게 많은 것을 공유해 주었다. 이곳에는 총 2만 그루의 올리브나무가 있다. 열매에 영양이 집중되려면 아래쪽 가지를 잘라 영양의 분산을 막아야 하는데, 제대로 가지치기를 해 주지 않아 가지가 무성하게 뻗어 있었다. 반면 사람의 손이 닿지 않아 좋은 일도 있다. 화학퇴비나 농약을 쓰지 않은 땅에서는 마치 산에서 날 법한 오래된 부엽토 냄새가 났다.

몬데기에서 키우는 작물은 올리브와 감자 외에도 다양하다. 40년 이상 된 와인용 백포도와 아마란스 등 수십 종류의 곡물, 야채를 수확하고 닭과 양, 염소, 말 등 가축도 키우고 있다. 그리고 수확한 것을 그대로 판매하기보단 와인, 오일, 주스, 맥주로 만든다. 양봉으로 꿀까지 채집한단다. 직접 생산까지 하는 이 청년들이 존경스러웠다. 이들의 추진력과 깡다구는 쉽게 따라 할 수 없을 것 같았다.

독일에서 온 빅터 역시 몬데기의 청년들은 하나 같이 자신감이 넘치고 자기주도적이라고 말했다. 빅터는 이탈리아와 동유럽을 여행하고 있는데, 여행 중 만난 많은 청년들이 고학력임에도 불구하고 하나같이 자신감이 없었다고 했다.

"지금 이탈리아의 청년들은 더 이상 나라를 신뢰하지 못해. 하지만 모두가 절망만 하고 있는 건 아니야. 위기에 처할수록 잠재력이 발휘되는 법이잖아. 그래서 몬데기처럼 버려진 농가를 발견하고 스스로의 삶을 개척해 가는 이탈리아 청년들이 하나둘 늘어나고 있는 거야."

몬데기와 카이코치, 테라베네의 두 공동체가 계속해서 이러한 활동을 이어갈 수 있으면 좋겠다. 척박하고 힘겨운 현실이지만 이들은 잘 이겨낼 것이다. 더 이상 뒤로 물러날 곳이 없으니 말이다.

이날 저녁, 두 달 만에 비가 내렸다. 그 동안 기우제를 지낸 보람이 있었다. 토지를 살짝 적시는 정도가 아니라 줄기차게 쏟아졌다. 시원한 빗줄기에 폭염도 살짝 꺾이는 것 같았다. 먹구름과 우르릉 쾅쾅 천둥 소리가 이렇게 반가울 줄이야. 바닥에 늘어놓은 짐을 텐트에 집어 넣고 환호하며 빗속을 뛰어다녔다. 몬데기 친구들도 이렇게 뛰쳐 나올 줄 알았는데 잠깐 빗속에서 춤을 추더니 금세 처마 밑에서 비를 피하고 있었다. 괜스레 민망해지는 순간. 극한 가뭄을 버티며 누구보다 비를 바랐을 이들보다 우리가 더 오두방정이라니. 부끄럽지만 뭐 어떠랴. 지금은 이 한 줄기 비가 선사하는 행복을 만끽하면 되는 거다.

프랑스
FRANCE

함께 일하고, 함께 살아가는 유럽

알프스 산속 베리 농장,
안과 레미의 집

오랜만에 히치하이킹을 시도했다. 생각해 보면 호주를 떠나 온 이후로 히치하이킹을 한 적이 없다. 맨날 농가에서 마중을 나왔고 돌아갈 때는 배웅까지 해 주었으니 꽤나 호화여행을 한 셈이다. 아무래도 미리 약속된 농장에는 제 시간에 맞춰 가야 하기도 했고 농장주들과 더 많은 시간을 보내고 싶어 이동에 드는 시간을 줄이고자 했다.

우리가 가는 곳은 알프스 산속 베리 농장이었다. 바로 올 가을부터 고향에서 딸기 농사를 지을 예정인 두현은 특히 이 만남을 기대하는 눈치였다. 한참이나 구불구불한 산길을 올라 마침내 알프스 산 1000미터 고지에 자리한 안과 레미의 농장에 도착했다. 저녁을 먹으며 자기소개를 했다. 우리 외에도 폴란드에서 온 알바와 카야 자매가 있었다. 두 자매는 부모님이 물려주신 땅에 농사를 짓고 싶어 우핑을 하면서 농업을 배우고 있었다.

"우린 다양한 작물을 키우고 싶어. 다작 말이야."

"그리고 자급자족하며 사는 거지. 우리가 수확한 걸로 다양한 요리도 만들어 먹으며 말야."

이런 걸 보면 유럽 젊은 친구들의 움직임이 심상치 않다는 것을 느낄 수 있다. 가는 곳마다 농업을 배우기 위해 찾아오는 다양한 나라의 사람이 있으니 부럽기도 하고 우리나라도 이런 환경을 만들어 가야 하지 않을까 생각도 들었다. 한국에는 유럽이나 태국, 호주 같은 나라에 비해 아직 우프가 활성화되지 않은 것 같다. 내국인이 우프를 찾는 경우는 거의 없고 외국인이 와도 정말 농업에 뜻을 가지고 오는 친구들은 많지 않다고 들었다.

농업여행을 하며 한 가지 더 느낀 건 우리야 남자 셋이 우글우글 다니고 있지만 그동안 만난 우퍼들은 여성의 비율이 현격히 더 높다는 것이다. 외국만이 아니라 한국 우프를 찾는 남녀의 비율도 2 대 8 정도로 여성이 더 높다고 한다. 내 주변만 봐도 한국에서 생태와 관련된 활동을 하는 친구들은 여성이 더 많다. 왜 그럴까? 여러 가설을 세워 봤지만 확실한 건 여성들이 더 자연과 함께하는 삶에 관심이 많더라는 것이다.

안과 레미의 농장은 제법 큰 편이다. 산길에 살림집이, 그 옆에 큰 비닐하우스와 작은 비닐하우스들이 있다. 층층이 자리한 계단식 딸기밭 제일 아래에는 닭 축사가 있다. 그리고 작은 폭포와 아기자기한 선녀탕, 캠핑 트레일러까지. 이들은 이곳에서 딸기만이 아니라 다양한 품종의 베리를 키우고 있다. 라즈베리, 블랙베리, 복분자 등 우리가 아는 베리부터 모르는 품종까지 다양했다.

우린 레미를 도와 수확이 끝난 딸기밭과 비닐하우스의 멀칭 비닐을 벗기고 마로 만든 포대를 걷어서 정리했다. 다음 해에도 잘 쓸 수 있도록 곱게 접어 뒀다.

레미는 구김살 없고 선한 사람이다. 레미와 함께 있을 땐 마치 오래 알고 지낸 친구처럼 어색하거나 불편함이 없었다. 우리에게 호의적이었

고 함께 있으면 마음이 포근했다. 안은 똑 부러지는 성격이다. 자신의 의견을 분명하게 말하고 행동이나 말에선 자신감이 묻어났다. 상냥했지만 까칠할 때도 있어 나는 가끔씩 안의 눈치를 봤다.

안은 고등학교를 졸업할 무렵부터 농촌에 살며 농사를 짓고 싶었다고 한다. 하지만 주변에서 왜소한 체격과 약한 체력을 이유로 그의 결심을 말렸다. 하지만 안은 포기하지 않았다. 교육기관에서 농업을 배우며 끊임없이 노력했고, 유기농사를 짓고 싶어하는 농부에게 토지를 임대해 주는 단체 테르 드 리엥(Terre de Liens)의 도움을 받아 5년 전 이 산골로 들어왔다. 도시가 아닌 다른 곳에서의 삶을 경험하고 싶었던 레미는 연인의 선택을 존중하며 함께 이곳으로 왔다.

안과 레미는 수확한 딸기로 잼, 시럽, 아이스크림 등을 만들어 수익을 내고 있다. 하석은 딸기 아이스크림과 잼 만들기를, 두현은 폴란드 자매와 수다를 떨며 민트 시럽 만드는 일을 도왔다. 이게 간단한 것 같아도 생각보다 만만치 않다. 나는 딸기밭에서 벌에 쏘여 다리가 퉁퉁 부었고, 하석은 잼을 졸이다가 손 군데군데를 데였다. 안과 레미는 이렇게 만든 잼 등을 주말마다 프리마켓에 나가 판매한다. 안이 만든 잼과 시럽, 아이스크림은 인기가 많아 금세 다 팔려 나갔다. 많은 사람들이 안과 레미의 부스를 찾는 걸 보고 있으니 흐뭇했다. 내가 정성 들여 만든 것을 신뢰하며 찾아주는 사람이 있다는 것은 참 행복한 일이다.

새로운 우퍼가 한 명 더 왔다. 이름은 폴. 파리에서 건물을 짓는 기술자다. 여행 중에 만난 친구들이 대부분 농업에 대한 뚜렷한 동기를 갖고 있었던 반면 폴은 '다른 삶의 방식을 찾고 싶어' 여행을 떠났다. 안과 레미의 딸기 농장은 폴이 두 번째로 방문하는 농장이었다. 그 전에 방문한 농장에서도 많은 것을 느끼고 배웠다고 한다.

"앞으로 어떻게 살아가고 싶은지는 나도 잘 모르겠어. 그런데도 유기농업을 배우려는 이유가 뭐냐고? 그거야 당연하잖아. 농사는 인류의 미래니까. 삶의 근간이자 우리 사회를 변화시키는 큰 요소니까 농사를 배워서 앞으로 내 삶에 다양한 가능성을 열어 두고 싶은 거야."

폴의 대답을 들으며 농업을 비장한 의무감이 아니라 당연한 삶의 근간으로 바라보며 경험하고 느껴 보는 것도 참 좋다는 생각이 들었다. 어느 순간부터 어떤 사명감과 비장함으로 여행이 버겁고 힘들 때가 있었다. 폴이 그러하듯 나 역시 사명감은 조금 내려놓고 여행을 즐기며 삶의 동기와 가능성을 찾아가면 되지 않을까.

함께 일하고, 함께 살아가는 유럽

청년 농부를 지원하다,
테르 드 리엥

안과 레미의 농장에서 머물던 중, 우리는 운 좋게도 그들이 이곳에 정착할 수 있도록 도와준 단체 테르 드 리엥의 관계자와 만날 수 있었다. 이 단체는 정기적으로 새로운 소식지를 만들고 있는데 마침 안과 레미를 취재하러 온 것이었다. 우린 알프스 코트다쥐르 지역의 이사장 오딜과 대화를 나눴다.

테르 드 리엥은 2003년 농사지을 토지를 보호하기 위해 세운 단체다. 농사를 짓고 싶어하는 사람들에게 농지를 임대하거나 연계해 주고 있다. 집이 없는 사람들에게 집을 지어주는 해비타트(Habitat)에서 그 모델을 가져왔다고 한다. 프랑스의 농업 보존을 중요한 사회 문제로 여긴 사람들의 관심으로 단체는 설립 이후 급속도로 성장했다.

"프랑스는 1950년대만 하더라도 전체 인구의 절반이 농업에 종사하는 농업 국가였습니다. 이제 한국이나 다른 나라들도 마찬가지일 테지만 시골 중심의 사회가 도시 사회로 변해 버리고 말았지요. 그러자 문제가 생겼습니다. 농사지을 시골은 점점 줄어드는데 어디에서 우리들이 먹을 음식을 구할 것인가 하는 겁니다. 그래서 많은 사람들이 도시 주변의, 농사지을 수 있는 땅을 지키는 일에 나섰습니다."

시민들은 농사지을 땅을 매매하고 임대하는 기관 '라퐁시에(La foncière)'를 만들었다. 라퐁시에가 소유한 토지에는 건물을 지을 수 없고 농업이 아닌 다른 용도로 매매할 수 없다. 이 라퐁시에와 프랑스 스무 곳에 자리한 테르 드 리엥이 연대하여 농부들에게 토지를 임대해 주는 것이다.

"비록 대농장은 아니지만 10년만에 벌써 100개가 넘는 농장이 생겼습니다. 우리는 젊은 농부들, 또는 농부로 계속 일하고 싶어 하는 사람들에게 땅을 빌려주지만 평생 임대하는 건 아닙니다. 임대 기간이 지나면 그 농부는 떠나고 그 자리에 다른 새로운 농부가 들어옵니다."

평생을 쉬지 않고 농업에 종사한 농부가 노년기에 땅을 팔아서 돈을 마련하는 것을 보며 테르 드 리엥은 땅의 순환을 계획했다. 농지가 다른 용도로 사용되거나 버려지는 것을 막고 계속해서 새로운 농부가 들어와 그 땅을 가꿀 수 있도록 말이다.

기준은 엄격하다. 유기농사를 지향하는 이들만이 이곳에 들어올 수 있고, 노년의 여가를 위해 농사를 짓고 싶어하는 사람은 들어올 수 없다. 이 땅을 떠나더라도 계속해서 농사를 지을 의지가 있는 청년 농부의 가능성에 투자하는 것이다.

오딜은 긴 이야기를 마치 한 호흡으로 내뱉듯 말했다. 테르 드 리엥이 하고 있는 활동들은 농부를 꿈꾸는 기반 없는 청년들에게 너무나 필요한 것이다. 내가 농촌에 살면서 농사지으려면 무엇이 필요할까? 땅을 임대했다고 치고, 그런데 주거가 문제다. 빈집을 고쳐 산다고 해도 한두푼이 아니다. 오히려 작은 농막 하나를 짓고 사는 게 더 저렴할 거다. 빈집을 빌렸다고 해도 언제 나가야 할지 모른다. 월세도 부담이다. 한국에선 농사로 수익을 내려면 시설재배가 효율적이다. 하지만 시설재배에는 또 설치비가 든다. 대출을 해 볼까? 알아 보니 막 대학을 졸업한 나는 신용이 없어서 대출이 불가능하다. 아니 오히려 학자금 대출금을 갚아야 하는 상황이다. 농업 관련 창업이나 청년 창업 지원금을 알아봤다. 지원금은 지원금일 뿐이다. 지원금 이전에 기초 자금이 필요하다. 더 심각한 상황은 임대한 땅에서 1~3년 농사를 짓다가 쫓겨난 친구들이었다. 이제 어느 정도 땅을 개량하고 시작해 보려는데 나가라고 한다.

그럼 차라리 직장생활을 하면서 돈을 모아 보면 어떨까? 농사를 짓기 위해 필요한 자금은 1~2년 모아서 될 액수가 아니다. 자금을 다 모았을 때쯤엔 청년 농부가 아니라 중년 농부가 되었을 테지. 아, 이 슬픈 현실을 어찌 할까.

그런 상황에서 마주친 테르 드 리엥의 활동은 너무 매력적이었다. 프랑스에 와서 살까? 유혹에 잠시 흔들렸다. 한국에도 농지뱅크란 것이 있는데 집에서 오갈 수 있는 거리에 농사지을 땅을 구하기는 하늘의 별 따기보다 어렵다. 결국 땅만 해결해서 될 일이 아닌 것이다. 땅과 주거는 세트다. 그래서 테르 드 리엥은 농사지을 땅에 농부가 살 주거지도 함께 마련해 주고 있다. 프랑스만이 아니라 이제 주변국 이탈리아, 벨기에에도 테르 드 리엥과 같은 뜻을 지닌 단체가 하나둘 생겼다. 정부는 쉽게 할 수 없는 일을 이 민간단체가 하고 있다. 아니, 민간단체이기에 땅이 투기 목적으로 이용되지 않고 농지로 활용될 수 있도록 땅을 보호할 수 있는 거다.

최근 몇 년간 호주에서나 볼 수 있었던 셰어하우스 같은 공유주거와 관련된 프로젝트와 기업이 한국에도 생겨나기 시작했다. 주거지에 대한 청년들의 결핍을 채워 주기 위한 활동이 일어난 것이다. 이젠 공유지에 대한 결핍에 사람들의 관심이 집중되지 않을까? 내가 어려움을 느꼈던 것처럼 많은 청년들이 똑같은 어려움을 느끼며 관심을 가질 것이다. 그때엔 정말 이런 단체가 생겨나거나 만들 수 있지 않을까. 그 어느 것보다 먼저 생기기를, 간절하게 바란다.

질 아저씨네 애플 사이다 농장

부르고뉴 와인 농장을 지나, 우리는 다음으로 우핑을 할 질 아저씨네 농장에 도착했다. 질 아저씨네 농장은 인근에서 맛있고 질 좋은 애플 사이다를 만들기로 유명하다. 보통 사이다라고 하면 투명한 탄산음료를 떠올리는데, 프랑스에서 사이다, 즉 '시드르(Cidre)'는 사과로 만든 술을 말한다.

농장에 도착하자마자 질 아저씨와 이곳에 머무르고 있는 우퍼 매튜가 자신 있게 애플 사이다를 권했다. 톡 쏘는 상큼함과 부드러운 목 넘김, 은은한 사과향. 평소 술을 잘 마시지 않지만 한번 맛본 이후로 애플 사이다 예찬론자가 되어버렸다. 질 아저씨는 그런 우리의 마음을 눈치 챈 듯 매 식사 때마다 애플 사이다를 내어 주셨다.

지금은 애플 사이다로 이웃의 사랑을 받고 있지만 질 아저씨는 원래 농부가 아니었다. 경제학을 전공하고 큰 도시에서 밀과 옥수수를 파는 일을 했다고 한다. 20년 전 오직 일만을 위해 살아가는 자신의 삶에 회의를 느끼고 이곳에서 사과 농사를 짓기 시작했다. 질 아저씨는 친근한 외모에 가끔 너무 진지한 농담으로 우리를 당혹스럽게 했지만, 자신만의 확고한 농업 철학을 지니고 있어 배우고 싶은 부분이 많았다.

"자연의 생태계를 보존하며 농사를 짓는 게 중요해. 땅 속에 사는 미생물이나 벌레, 동물들의 생태계를 잘 유지해 가면서 인간이 먹을 것을 수확하는 게 바로 현명한 농부의 역할이야."

말 한마디 한마디에서 자부심이 느껴졌는데 아니나 다를까, 애플 사이다 숙성실에는 수많은 수상 트로피가 진열되어 있었다. 유기농부들이 여는 마켓에 질 아저씨의 애플 사이다를 진열하고 있고, 단골들은 애플 사이다를 사러 농장으로 찾아오기도 했다.

질 아저씨는 사과뿐만이 아니라 밀도 키우고 양도 돌본다. 수확한 밀 알곡을 트럭에 담고 양 농장에도 가 보았다. 밀밭을 가로지르면 나오는 언덕에서 양들이 뛰어놀고 있었는데 저녁에 양을 울타리에 넣어두고 아침에 풀어주는 일은 매튜의 담당이었다.

사과 농장에서 왜 양을 키우나 했더니 양의 분뇨에 짚을 섞어 사과나무에 사용하는 퇴비를 만들고 있었다. 이 퇴비를 질 아저씨가 트랙터로 옮겨주면 우리가 조금씩 사과나무 주변에 뿌리는 일을 했다. 퇴비를 주는 사과나무는 이제 2년 정도 됐는데 3~5년쯤에는 열매를 수확할 수 있다고 한다. 애플 사이다를 만드는 사과는 한국에서 먹는 사과와는 품종이 다르다. 호두만큼 작고 신 맛이 좀 강하다. 밀과 사과를 수확하고 양을 돌보는 일까지 여간 손이 많이 가는 게 아닌데 그동안 질 아저씨는 이 모든 일을 혼자서 해 왔다고 한다. 우리의 손이 조금이라도 보탬이 되었으면 하는 마음에 묵묵히 일했다.

제일 힘들었던 건 1년간 사용한 애플 사이다 숙성통을 씻는 일이었다. 숙성통은 2미터가 넘는 높이였는데 이 숙성통을 마당으로 들고 나오는 과정부터 만만치 않았다. 숙성통에 들어가서 솔과 물 호스로 통에 붙어 있는 미끄러운 뭔가를 긁어내야 했다. 이걸 깨끗하게 다 씻어내야 이듬해에도 청결하고 맛있는 사이다를 만들 수 있는 것이다. 의욕은 넘치는데 통 안에 몸을 굽혀 들어가는 것도 그렇고 솔로 문지르고 문질러도 묵은 때가 잘 벗겨지지 않아 목이며 어깨며 아프지 않은 곳이 없었다. 그래도 질 아저씨에게 조금이라도 도움이 되길 바라는 마음으로 힘차게 솔질을 했다. 그렇게 하나둘씩 숙성통을 씻고 드디어 마지막 통이 남았다. 그런데….

"어, 어? 피해라!"

대형 사고를 치고 말았다. 커다란 숙성통이 넘어가면서 꼭지가 있는 숙성통 입구 쪽이 부서져 버린 것이다. 일체형으로 만들어진 통이라 꼭지만 따로 교체를 할 수도 없었다. 셋 다 땅이 꺼져라 한숨을 내쉬면서 삐질삐질 식은땀만 흘렸다. 무엇보다 질 아저씨가 우리에게 실망할 게 걱정스러웠다. 한참을 고민하다 질 아저씨에게 솔직하게 이실직고했다. 당황한 질 아저씨와 함께 사건 현장에 갔고, 부서진 부분을 보더니 이건 좀 심각하다는 진단을 내렸다. 미안함에 어쩔 줄 몰라 발만 동동 구르며 몇 번이고 사과하는 우리에게 갑자기 질 아저씨가 점심이나 먹자는 말을 꺼냈다.

"일 안 하는 사람이나 물건을 안 망가뜨리지. 프랑스 속담이란다."

농장을 떠나는 날까지 죄송해 하는 우리에게 아저씨가 해 주신 말씀이다. 분명 숙성통을 수리하는 데 많은 돈이 들 것이다. 제때 수리를 못하면 올해 생산할 애플 사이다가 줄 수도 있다. 농사엔 때가 있는 법이니까. 그런데도 질 아저씨는 우리를 비난하지 않고 안심시켰다. 그 따뜻한 말이 왈칵 우리들의 마음을 울렸다.

"여행 다니면서 보니까 농부는 되게 부지런하고, 되게 똑똑하고,
또 융통성도 있어야 되는데, 내가 과연 그런 사람일까?
아직 내가 뭘 잘할 수 있을지도 잘 모르겠고,
농사를 지을 수 있을지도 의문이다."

꿈을 찾아 여행을 떠나온 하석의 고민이 한 뼘 더 깊어졌다.

더 좋은 일이란 게 뭘까

영국에서 온 우퍼 매튜에게 하석이 물었다.

"영국 청년들은 농사에 관심이 있어?"

"아니. 대부분 농사에 관심이 없을 거야. 영국은 농업이 경제 기반이 아닐뿐더러 경제나 3차산업에 일이 집중되어 있거든. 대부분 회계사, 은행원, 보험회사 같은 경제 관련 직업이나 건설업, 교육가를 선호해. 연봉이 높은 것도 이유일 테지만, 농업 쪽으로는 일자리가 거의 없어서 더 관심을 갖지 않는 것 같아."

매튜는 자신이 먹고 있는 음식이 어디에서, 누가 어떻게 기르는 것인지 알고 싶어 우핑을 시작했지만 농사를 짓고 싶지는 않다고 말했다.

"중동에 관한 뉴스를 다루는 블로그를 운영하고 있어. 이런 정치와 사회 이슈를 계속해서 블로그에 올려 두면 내 미래의 고용주들이 내가 얼마나 글을 잘 쓰는지, 얼마나 정치적 견해가 있는지 알 수 있을 거잖아. 대학을 졸업하고 취업할 때를 위해 블로그를 운영하고 있어."

매튜와 이야기를 나누며 영국만이 아니라 이탈리아, 프랑스 등 여느 나라도 한국 청년들과 별반 다르지 않다는 걸 새삼 깨달았다. 어디서나 취업과 앞으로의 삶, 먹고사는 문제를 고민하고 있다.

한국에 잠시 돌아왔을 때 집 짓는 일을 배우고 싶어 건축 현장에서 일용직으로 일한 적이 있다. 농촌도 마찬가지지만 건축 현장에서도 젊은 기술자를 찾아보기 힘들었다. 여든을 넘은 미장 기술자 할아버지께서 혼잣말하듯 내게 말씀하셨다.

"젊은 아들은 왜 이런 일을 안 할라는지 모르겠다. 일당이 25~30만 원 정도 하는데 이 정도면 충분히 먹고 살 만하다 아이가."

조선소에서 배 페인트칠을 하면서 목수님을 만났을 때도, 목조주택을 짓는 현장에서도 비슷한 이야기를 들었다. 기술을 배우면 좋은데 왜 다들 관심이 없냐고. 왜 그런지 곰곰이 생각해 봤다. 후배들에게 물어보기도 했다. 어떤 일을 하고 싶은지, 왜 몸 쓰는 일은 하고 싶지 않은지. 예상한 그대로의 대답이 돌아왔다.

"힘들고 안정적이지 않잖아요. 사회에서 인정 받지도 못하고. 그리고 대학 나와서 노가다 하면 손해 보는 느낌이잖아요. 더 좋은 일을 할 수도 있는데."

글쎄, 더 좋은 일이란 뭘까. 안정적이고 힘들지 않은 일이 있을까? 한 회사에서 경영, 마케팅, 기획 일을 한 적이 있는데, 신경 쓸 일이 너무 많아 스트레스로 잠을 제대로 자지 못했다. 컴퓨터 자판을 두드리는 내내 자리에서 떠나고 싶은 마음뿐이었다. 노동 강도는 조금 덜할지 몰라도 손님을 응대하며 겪는 감정 노동도 너무 힘들었다. 농업, 하루 종일 땡볕에서 흙과 씨름하는 것도 쉽지 않다. 건축, 몸에 좋지 않은 시멘트 가루에 잘 지워지지도 않는 페인트로 온 몸이 범벅이었다. 역시 땡볕에서 하는 일이라 여름엔 도망치고 싶을 때가 많았다. 어업, 말도 마라. 건축 일과 농업 일을 합친 것 같다. 땡볕이라 힘든데 바람이라도 불면 밧줄이나 그물을 끌어당겨도 잘 올라오지 않았다. 힘들어서 욕지거리가 계속 나왔다. 시청에서 일할 때는 서류 작업이 단순 반복이라 지겨

웠고 현장조사나 시설물 복구 일을 하러 나가면 다시 서류 작업이 하고 싶어졌다. 한번은 등산로 안내판 보수 작업을 하러 나무말뚝에 시멘트를 메고 산에 올랐는데, 네발로 기어 다녀야 했다. 식자재 배달, 농자재 배달, 조선소 용접 등 다양한 일을 해 왔지만, 아무리 재미있고 좋아하는 일도 힘든 부분은 꼭 있었고 아무리 힘든 일도 그 나름의 장점이 있었다. 무슨 일이든 다 비슷하다. 다만 내가 그 일을 얼마나 사랑하냐에 따라 그 일의 가치도 달라지는 게 아닐까.

비슷한 종만 존재해서는 생태계가 무너지는 것처럼 '직업, 생산적 활동'이라는 생태계에도 비슷한 일만 존재해서는 사회가 유지될 수 없다. 단지 연봉만을 좇거나 노동을 하지 않는 일만을 찾을 게 아니라 좀 더 다양한 일에 눈을 돌리고 그 가능성을 찾아간다면 세상이 조금 더 다채로워질 수 있으리라 믿는다. 물론 그러려면 직업에 귀천 없는 사회가 먼저 되어야겠지만 말이다.

벨기에

BELGIUM

함께 일하고, 함께 살아가는 유럽

함께 살아간다는 것,
베비 웨론 농장

벨기에의 첫 목적지는 웨피옹. 웨피옹에 도착할 때까지 어느 농장에서도 연락이 오지 않았다. 그래서 더 늦기 전에 웨피옹의 농가를 찾아가 하루를 재워 달라고 부탁해야 하는 상황이었다.

다행히 베비 웨론(La Ferme de Vevy Wéron)이라는 농가 공동체에서 하루 묵어갈 수 있었다. 우리가 도착했을 때 마을 사람들은 지난 며칠간 열렸던 음악축제의 뒷정리를 하고 있었다. 이 공동체를 만든 니콜 아저씨가 10평쯤 되는 작은 게스트용 건물로 우리를 안내해 주었다.

다음 날 아침, 날이 밝아서야 마을 전체 모습을 제대로 확인할 수 있었다. 마을 중앙에 두 채의 큰 저택이 있고, 중앙에 작은 분수대와 식사를 하거나, 앉아서 쉴 수 있는 광장이 마련되어 있다. 20미터 정도 떨어진 곳에는 손님들을 위한 별채가 있고 그 아래로 아이들이 놀 수 있는 놀이터도 있다. 이를 둘러싸고 여러 작물들을 키우고 있는 농장과 가축을 키우는 축사, 마을 주민들과 주변 마을의 농부들이 직접 기른 농작물과 가공품을 판매하는 상점과 베이커리도 있다.

크리스탈 워터스와는 또 다른 평화로움이 감도는 이곳은 사실 공동체라기보다는 공유 주택 또는 공유 공간의 성격이 강해 보였다. 놀라운 것은 베비 웨론은 본래 사유지라는 사실이다. 농장주인 니콜 아저씨는 농사를 짓고 싶거나 주거 문제로 고민하는 사람들에게 자신의 땅과 저택을 저렴하게 빌려주고 있다. 다른 농가 공동체와는 달리 이곳에는 농부, 엔지니어, 선생님 등 우리가 이틀 동안 다 만나지 못 할 정도로 많은 가구가 따로, 또 함께 살고 있다. 식사시간이면 광장 중앙의 벤치에 각자 먹을 것을 가져와 식사를 한다. 광장은 아이들이 뛰어놀고 마을 사람들이 교류하는 장소이자, 종종 외부 손님이 함께 하는 축제가 열리는 공간이기도 하다.

　베비 웨론을 보면서, 이게 바로 내가 오래 전부터 꿈꾸던 삶이라는 걸 깨달았다. 다양한 사람들이 어우러져 자연과 더불어 사는 것. 손님이 왔을 때 방 한 칸, 밥 한끼 대접해 줄 수 있는 곳. 사람들이 편하게 지내며 등 비빌 수 있는 그런 곳. 함께 살아가지만, 개인의 삶을 존중하는 문화까지 딱 내가 바라는 모습이었다.

정부에 의존하지 않는 벨기에 농장

우리는 베비 웨론에서 이틀 묵어가는 대신 유기농장을 운영하는 제프와 토마스의 농장일을 돕기로 했다. 황토색의 황무지가 많았던 이탈리아 농장들과는 다르게 벨기에의 농장은 온통 초록초록하다. 구석구석 깔끔한 모습에서 손길이 닿은 흔적이 느껴졌다. 나와 두현은 토마스를 도와 콩과 식물인 스노우피를 따고, 하석은 제프를 거들며 고추 지지대를 세우기로 했다. 함께 일하면서 두 사람에게 벨기에의 농장 상황에 대한 이야기를 들을 수 있었다.

제프는 10년 전 대학생일 때 이곳에 처음 왔다고 한다. 생활비가 필요해 1년간 이곳에서 일했는데, 이후 다른 직업도 가져 봤지만 베비 웨론에서 사는 게 가장 마음 편하고 행복했기 때문에 다시 돌아왔다.

"몇 년 전과는 달리, 요즘엔 점점 더 많은 젊은 사람들이 유기농으로 농사를 짓고 있어. 기존의 방식으로 농사를 짓는 게 건강에도, 경제에도 좋지 않다는 걸 더 많은 사람들이 깨닫고 있는 거지. 확실히 몇 년 전과는 다른 추세야. 하지만 기존 농장들은 문을 닫고 있어. 벨기에에서는 매주 14개의 농장이 문을 닫는데. 벨기에는 작은 나라인데도 말이야."

벨기에 역시 뉴질랜드나 다른 유럽에서 들어오는 값싼 농작물과 가공품 때문에 자국 농민들이 경쟁력을 갖추기 쉽지 않은 상황이다. 또 돈이 있는 사람들이 땅 투기를 하는 것도 문제라고 제프는 말했다. 하지만 우리나라도 그렇듯 점점 더 많은 소비자들이 유기농법으로 기른 지역의 생산물을 찾고 있다.

"소비자들은 이제 자기가 먹는 음식이 어디에서 생산되는지 알고 싶어 해. 이 농장은 사람들이 직접 와서 둘러볼 수 있어. 그렇게 눈으로 농장을 본 사람들은 우리를 신뢰하지."

"벨기에에서는 젊은 농부들에게 국가 차원에서 어떤 지원을 해?"

"아마 규모가 큰 농장들은 여러 지원을 받을 거야. 우리는 농장은 작지만, 유기농이라 매년 600유로 정도를 지원 받아. 보통 사업 초기에는 정부에서 어느 정도 지원금을 받을 수 있는 걸로 알고 있어."

"돈 말고 다른 것도 지원해 주는 게 있어?"

"음, 아마 없을 거야. 하지만 오히려 그게 더 좋다고 생각해. 만약에 정부의 지원을 계속 받다가, 몇 년 후에 지원이 끊기면 사업을 계속하는 게 불가능해지니까. 재정적으로 정부에서 독립하지 않으면 계속 일을 이어 나갈 수 없어. 그러니까 애초에 정부에 기대지 않는 게 좋아. 하지만 벨기에의 상황은 비교적 좋다고 생각해. 나라도 부자고, 자산가도 충분히 있고, 일자리가 없으면 도움을 받을 수도 있어. 루마니아, 스페인, 그리스 같은 곳에 가 보면 완전히 상황이 다르거든. 그곳들은 정말 심각하지. 지원도 도움도 많이 필요할 거야."

"이탈리아 청년 실업률이 그렇게 높을 줄 몰랐어. 정말 놀랐어."

"그거 알아? 벨기에에서는 일을 돕는 게 안 돼. 비영리단체를 통해서만 가능하지. 하지만 나는 사업을 운영하고, 비영리단체가 아니라서 그냥 일을 시킬 수는 없어. 그러니까 지금 너희는 불법노동자인 거야."

토마스의 말에 모두가 웃음이 터져 버렸다. 졸지에 불법노동자가 되었지만, 제프 그리고 토마스와의 대화는 오히려 수업료를 내고 싶을 정도로 많은 생각을 하게 했다. 그 동안은 단순히 농업이 중요하기 때문에 정부가 많은 지원을 해야 한다고 생각했다. 그런데 그냥 많은 지원이 아니라 누구를, 어떻게, 얼마나 지원하고 어떻게 지속가능한 시스템을 만들어 나갈지가 더 중요하다는 사실을 이들과의 대화를 통해 깨달았다. 하지만 독립적인 농장으로 지속가능하려면 소비자의 의식이 그만큼 깨어 있어야 하고, 정부와 지자체의 지원과 사회 시스템이 탄탄해야 한다. 어디서부터가 정부의 역할이고 어디까지가 농민과 청년들의 몫일까. 두 손은 바쁜데 생각은 끝도 없이 이어졌다.

딸기박물관에 가다

베비 웨론 농장을 떠나 온 우리는 마을 가까운 곳에 있는 딸기박물관으로 향했다. 웨피옹은 300년 딸기 재배의 역사를 자랑하는 곳이다. 딸기라면 환장하는 두현의 눈이 또 다시 번쩍! 우리가 찾아간 박물관은 건물은 시 소유지만 개인 박물관이라고 했다.

"1년에 1유로를 내고 이 건물을 시에서 대여하고 있어요."

1유로라니! 공짜나 다름 없는, 믿을 수 없는 금액이다.

"100년 동안 최소의 금액을 내는 거죠. 덕분에 우리는 부담 없이 운영이 가능해요. 시도 건물이 비지 않으니까 세금을 내지 않아서 좋고요. 건물이 비어 있으면 시에서 세금을 내야 하거든요."

딸기박물관의 젊은 관리자는 우리에게 웨피옹의 딸기 재배 역사를 들려주었다. 3년간 이곳에서 일했다는 그는 두현 못지않게 딸기에 애정이 넘치는 사람이었다. 관람을 마치고 그는 박물관 옆 딸기 가든으로 우리를 안내했다. 이 가든에는 총 40종의 딸기가 있었다. 그야말로 딸기 콜렉션이나 다름 없었다. 유달리 빛나는 두현의 눈빛을 알아챈 걸까. 관리자가 두현에게 슬쩍 귀띔해 주었다.

"여기에 장미를 심은 거 보여요? 장미와 딸기는 같은 병에 걸려요. 병에 걸리면 장미가 먼저 죽고, 그 다음에 딸기가 죽죠. 만약 장미에 문제가 생기면 딸기에도 곧 문제가 생길 거라는 걸 미리 알 수 있어요."

여러 가지 기술과 노하우를 자세하게 묻는 두현에게 관리자는 친절하게 설명해 주었다. 두현은 딸기를 하나 하나 먹어보며 어떤 작물을 재배할 수 있을까 고민에 빠진 눈치였다.

딸기박물관을 나오면서 두현은 자신이 사는 강누마을에도 이런 딸기박물관과 가든을 만들고 싶다며 눈을 반짝였다. 때론 이렇게 확실한 자신의 꿈이 있는 두현이 부럽다.

마르틴의 CSA 농장

웨피옹을 떠나 다음으로 찾아간 농장에서 우리는 우프를 하기로 했다. 이 농장은 특이하게도 데드릭, 마르틴, 루스까지 세 명의 농장주가 한 농장을 함께 운영하고 있다. 원래 농장의 주인은 바이킹처럼 생긴 데드릭이라고 한다. 하지만 우리가 방문했을 땐 휴가 중이라 만날 수 없었다. 데드릭은 8헥타르의 땅을 가지고 있는데, 이 땅을 마르틴과 루스가 사용할 수 있도록 저렴하게 임대해 주었다. 농장은 따로 운영하지만 우퍼 숙소, 창고, 빵 굽는 곳, 마켓, 저장고 등의 공간은 공유 공간으로 함께 사용한다. 농장 중앙에 우퍼들이 지낼 수 있는 작은 주택이 있고, 같은 건물 1층에 빵을 구울 수 있는 시설이 있다. 집 뒤편에 창고와 소 축사가 있고, 돼지는 뒤뜰에 방목해 키운다. 우퍼 숙소 오른편으로 농장주 데드릭의 집, 그 옆으로 가판대와 냉동저장고, 그리고 이곳에서 나온 작물들과 주변 농가에서 나온 가공품들을 판매하는 마켓과 가판대가 입구에 있다. 이 마켓은 1주일에 세 번 정도 여는데, 관리자는 따로 없다.

농장에는 우리 말고도 총 세 명의 우퍼가 있었는데 세 명 모두 루스의 꽃 농장에서 일을 하고 있었다. 키가 크고 시원시원한 성격의 루스는 원래 정치권에서 법인권에 관련된 일을 했다고 한다. 하지만 오랫동안 컴퓨터 앞에 앉아서 일하는 것보다 자연과 함께하는 일을 하고 싶어서 이곳으로 왔다. 사무실에서 일할 땐 이런저런 잔병치레가 많았는데 이곳에서 건강하게 지내고 있단다. 우리 역시 이곳에 올 때 루스의 꽃 농장에서 일하기로 했는데, 도착했을 땐 이미 우퍼가 포화 상태였다. 그래서 우리는 마르틴의 농장에서 일을 하기로 했다. 또 다른 농장주 마르틴은 30대의 젊은 남성으로, 데드릭에게 1헥타르의 땅을 빌려 농사짓고 있었다. 1헥타르를 빌리는 비용은 1년에 500유로로, 우리 돈으로 66만원 정도다. 마을과의 거리나 토양 상태, 농장의 시설들로 봤을 때 500유로는 상당히 저렴한 가격이다. 마르틴은 2년 전 켄트에서 이곳으로 왔고 지금은 80여 종의 채소를 키우는 가든을 운영중이다.

마르틴은 자신의 농장을 CSA(Community Supported Agriculture)를 기반으로 한 농장이라고 소개했다. CSA? 어디선가 들어봤던 것 같았는데, 알고 보니 몇 년 전 읽었던 〈오래된 미래〉라는 책에 잠깐 소개됐던 단체다. 〈오래된 미래〉에선 CSA를 다음과 같이 소개하고 있다.

농민과 소비자 사이의 긴밀한 접촉을 위해 설립된 '공동체지원농업기구(CSA)'에도 점점 더 많은 사람들이 참여하고 있다. CSA 운동은 30년 전 스위스에서 처음 시작된 이래 세계 전역으로 확산되었는데 현재 일본 지역에서만 수천 명의 회원을 확보하여 활발한 활동을 벌이고 있다. 인구의 2퍼센트 정도만이 농경 지역에 남아 있는 미국의 경우 CSA의 수가 1986년 2개로 시작했는데 이제는 1,000개를 훌쩍 넘었다. 자신들이 통제하기 힘든 원격지 시장의 변동에 취약할 수밖에 없는 영세한 농민들의 파산이 매년 놀랄 만한 비율로 증가하고 있는데 CSA에서 시행하는 소비자와의 직거래 방식은 그 비율을 역전 시킬 수 있는 잠재력을 갖고 있다.

그땐 농사에 관심이 없을 때라 CSA에 대해 주의 깊게 보지 않았다. 그런데 실제로 와서 보니 이 짧은 설명으로는 이곳에서 직접 겪은 CSA를 모두 설명할 수 없다는 게 맞는 말이다.

CSA는 '유기농업, 로컬푸드, 소농, 직거래, 회원제'라는 키워드들과 연관성이 높다. 마르틴은 1년 단위로 100~150가구를 회원으로 받아 펀딩을 시작했다. 그렇게 펀딩 받은 돈으로 농사를 하는 것이다. 양질의 토양을 만들고 씨앗을 사와 모종으로 키워 유기농법으로 노지재배를 한다. 이 과정을 거치는 동안 회원들은 시간이 나는 대로 마르틴의 농장에 찾아와 직접 일을 돕는다. 마르틴이 자신의 농장 홈페이지에 일손이 필요하다고 공지를 올리면 회원들이 이를 확인하고 마르틴을 돕는 시스템이다. 강요 없는 자발적인 움직임으로 소농인 마르틴뿐만 아니라 회원들이 함께 농장을 가꿔 나가는 것이다.

수확 시기가 되면 회원들은 가족들과 함께 직접 농장에 와서 농작물들을 수확해 간다. 마르틴은 수확 가능한 농작물을 확인한 후에 밭이랑이 시작되는 곳에 다양한 색상의 깃발을 꽂아 수확이 가능하다는 표시를 한다. 그리고 다양한 작물을 심은 각 이랑마다 BED 1, 2, 3이라는 번호표를 매겨 놓는다. 이를 토대로 홈페이지에 수확 가능한 작물들의 리스트, 위치와 색상을 올려 두면 회원들이 농장에 방문해 수확해 가는 것이다. 몇몇 작물은 마르틴이 직접 수확해 채소 진열대에 올려놓기도 한다. 많이 수확되어 남는 작물들은 무인 가판대에 올려 두면 농장 내 마켓을 찾는 비회원들도 구입할 수 있다.

때마침 농작물을 수확하러 온 중년 여성과 그 아들로 보이는 사람에

게 하석이 질문을 던졌다.

"여기를 어떻게 이용하게 됐나요?"

"자연 친화적이라서요. 우린 여기서 50킬로미터 떨어진 곳에 살아요. 그래서 매주 한 번씩 와요."

"오늘은 어떤 야채를 수확하실 거에요?"

"농부가 지금 수확할 수 있는 채소가 어떤 게 있는지 리스트를 만들어서 줘요. 얼마나 가져갈 수 있는지도 여기 적혀 있어요. 보자, 당근은 일인당 열다섯 개네요. 저흰 두 명이니까 서른 개를 가져갈 수 있죠. 이렇게 가져가고 1년에 일인당 260유로를 내요. 아이들은 16유로고요."

260유로면 한국 돈으로 34만 원이니 적은 돈은 아니다. 그런데 이를 1년 52주로 나누면 이야기가 달라진다. 이 농장을 찾는 회원들은 보통 1주일에 한 번 정도 방문해서 농작물을 수확해 가고 있었다. 1주일에 5유로 정도를 내고 마음껏 농작물을 수확하는 것이다. 파 한 단에 2천 원이 넘는 요즘 채소 값을 생각하면 정말 저렴하다.

"무척이나 싸죠. 그리고 여기에서 사람들이 어떻게 농사를 짓는지도 볼 수 있고요. 자신들이 먹는 음식을 경험하는 건 매우 중요하다고 생각해요. 아이들에게도 음식이 어디에서 나는지 보여줄 수 있고요."

CSA는 소농과 건강한 먹거리를 원하는 소비자들을 위한 아주 좋은 해결책이다. 기본 자본이 없는 소농은 CSA의 지원을 받아 농사를 지을 수 있는 토지나 자금을 마련한다. CSA는 사람들이 농장을 잘 운영할 수 있도록 경영지원이나 회원 관리, 농작물에 대한 다양한 정보들을 제공해 소농들이 잘 정착해 갈 수 있도록 돕는다. 이런 시스템 덕분에 농부는 자신의 부담을 줄이며 농사를 지을 수 있고 소비자는 필요한 만큼 건강한 농작물을 저렴한 가격에 얻어갈 수 있다.

경제적인 측면에서도 흥미로웠는데 보통 농사를 지으면 농사를 짓고 작물의 상태를 보고 가격을 매기는 경우가 많다. 그런데 이 시스템은 이미 판매처가 정해져 있다. 소비자가 주변의 소농을 지키겠다는 마음을 갖고 '책임 소비'를 하는 것이다.

"이미 돈을 냈으면, 품질은 어떻게 보장해? 흉작이 들면 어쩌지?"

마르틴에게 물으니, 막힘 없이 대답했다.

"물론 어느 정도 질은 보장해야지. 질이 안 좋으면 다음 해에는 사람들이 참여하지 않을 테니까, 항상 최선을 다해야 해. 그리고 우리는 매주 새 종자를 심거나 씨앗을 뿌려. 위험 부담이 훨씬 적지."

벨기에는 온화한 해양성 기후를 가지고 있어 1년 내 기온차가 크지 않고 농작물이 잘 자란다. 또 한국의 제철 채소처럼 이곳에도 철마다 다양한 농작물, 계절마다 다른 종자가 있다. 예를 들자면 당근에도 봄, 여름, 가을, 겨울마다 다른 종이 있어 매 계절마다 당근을 수확할 수 있는 것이다. 1년 주기로 농사를 짓는 사람들이 날씨의 영향을 많이 받는 것에 비해, 매주 새로운 걸 심는 마르틴의 농장은 위험 부담이 훨씬 적다.

"이 시스템은 신뢰가 바탕이야. 서로 믿어야 하지."

매주 수확을 하러 오는 소비자들은 직접 자신이 보고 수확한 농작물을 보며 생산자를 신뢰하고, 그 신뢰를 바탕으로 농장이 운영된다. 자본 위주의 유동적인 시장경제 시스템을 신뢰와 관계를 바탕으로 한 사회적 경제로 변화시킨 방식이라니! 놀라움과 흥미로움의 연속이었다.

"벨기에에서도 7년 전에 처음 시작됐어. 처음엔 대도시 근처부터 시작됐지만, 점점 더 빠르게 퍼지고 있어. 매년 다섯 개의 농장이 이런 시스템을 도입해서 문을 열어. 점점 더 사람들이 슈퍼마켓을 신뢰하지 않기 때문인 것 같아. 슈퍼마켓의 상품은 어디서 왔는지, 농부가 얼마나이익을 보는지 그런 걸 모르니까. 그리고 우리 농작물은 슈퍼마켓 상품들과 맛도 완전히 다르지. 밭에서 직접 바로 수확해서 신선하잖아."

"정부가 이런 시스템을 지원해 주지는 않아?"

"아니, 전혀. 그리고 정부의 도움은 믿을 수 없어. 유럽에서는 농부들이 정부 지원금을 받고 있는데, 점점 지원 없이는 살아남지 못해. 또정부가 농장 일에 개입하며 규모를 키우라거나, 기계를 들이는 식으로시스템을 통제하려 들지. 하지만 우리는 우리 자신의 주인이고 싶고, 우리 일은 스스로 하고 싶어. 때문에 그런 식의 도움은 달갑지 않아. 도움이 아니라 지원금을 무기로 권력을 휘두르는 거니까."

마르틴의 농장에선 한 계절이 끝날 때마다 소비자들과 함께 농장에대해 피드백을 주고받는 시간을 갖는다. 작물의 품질은 어땠는지, 일손이 부족하진 않았는지, 운영의 어려움은 없는지 이야기를 나누면서 개선해 나가야 할 것들에 대한 의견을 듣고, 이를 바탕으로 내년 계획을세워 나간다. 이런 방식이 한국에서도 가능할까? 돌아가면 CSA의 도입을 알아봐야겠다는 또 다른 목표가 생겼다.

유럽여행 34일째. 우리 주머니엔 딱 77센트가 남았다. 아직 여행은 11일이나 남았는데 수중에 천 원도 안 남은 것이다. 호주에서처럼 일을 해서 돈을 벌 수도 없다. 그런데, 사정을 들은 동네 형님들이 계좌로 돈을 보내왔다. 이렇게 그냥 돈을 받아도 될까?

함께 일하고, 함께 살아가는 유럽

"공짜 아이다. 다녀와서 여행 이야기 듣는 값 미리 주는 기다."
이 여행은 우리들만의 것이 아니다. 우리를 응원하고, 농장 정보를
알려 주고, 이 여행에 공감하는 모든 사람의 마음이 담겨 있다.

페이 백, 자연에 되돌려 주다

도멘 드 그로(Domaine De Graux), 이곳은 마을이나 공동체라기에는 아주 큰 농장이다. 120헥타르. 36만 평 정도 되는 이 땅의 주인인 엘리자베스는 어느 귀족 가문의 후손이라고 한다. 그는 가문 소유의 땅을 공동의 선과 자연을 위해 주변의 사람들과 공유하기로 결정했고, 현재 여러 프로젝트를 진행 중이다.

물어물어 농장을 찾아간 우리는 이곳의 경치와 저택의 크기에 입이 떡 벌어졌다. 엘리자베스는 행동 하나하나가 조심스럽고 정성스러웠다. 대화할 때 항상 상대의 눈을 편안하게 바라보면서 이야기를 했으며, 허세나 가식도 없었다. 짧은 인사를 나누고, 소피와 피에르 부부를 소개받았다. 엘리자베스는 기반이 없어 농사를 짓기 어려운 청년들에게 농사를 지을 수 있도록 지원하고 있는데, 소피와 피에르도 지원을 받아 이곳 농장에서 농사를 짓고 염소를 키우고 있다.

소피는 노지재배를 한다. 그녀가 키우는 채소의 수는 50여 가지. 그녀 역시 마르틴과 마찬가지로 CSA를 하고 있다. 이제 막 시작한 터라 고객이 많지는 않다. 하지만 무척이나 깔끔한 농장에서 정성이 엿보였다. 농장을 보면 주인의 성격과 인격을 알 수 있다더니 묘하게 편안함과 친근함이 묻어나는 농장이었다.

"지금은 스무 가구에 야채 꾸러미를 보내주고 있어. 10개월 동안 꾸준히 야채 꾸러미를 보내는 시스템이라, 매주 다른 야채를 다양하게 보내려고 노력해. 모두 유기농 방식으로 재배하는 것들이지."

소피는 농장에서 한 달에 한 번 일요일에 워크숍을 열어 고객들이 직접 농장 일에 참여하도록 유도하고 있다. 또 아이들이 참여할 수 있는 활동들도 하고 있다. 다음 주에는 수프 워크숍을 열어 고객들과 함께 수프 재료를 수확하고, 직접 만든 수프도 나눠 먹을 계획이다.

"이런 워크숍으로 사람들이 음식을, 돈을 소비하는 방식을 바꿀 수 있으면 좋겠어."

우리는 소피가 토마토 지지대를 세우는 일을 도왔다. 소피와 피에르는 아직 초보 농부라 함께 일하며 동질감을 느꼈다. 일을 마무리할 즈음 엘리자베스와 농장의 연구원이라는 알랑이 소피의 농장으로 찾아왔다. 알랑은 이곳에서 흙의 샘플을 채취해 연구와 실험을 하는 과학자다. 그는 이 거대한 농장 전체를 퍼머컬처의 원칙을 모두 지키며 운영하고자 하는 엘리자베스의 실험을 돕고 있다. 120헥타르 중에 현재 85헥타르의 땅에서 농사를 진행 중이라고 하니 엄청난 스케일이다. 이들은 무슨 생각으로 사람들에게 땅을 빌려주고, 이 거대한 프로젝트를 이끌어 가고 있는 걸까?

사실 이 농장은 몇십 년 전까지만 해도, 다른 곳과 다를 바 없는 상업 농장이었다. 엘리자베스는 1995년 아버지에게 이 농장을 인수했다.

"원래 이곳은 화약 약품을 쓰고, 살충제와 화학 비료를 쓰는 그런 농장이었어. 1970년대에는 '성장'이 목적이었으니까. 우리 아버지는 유명한 조류학자이자 자연주의자였지만, 다른 사람들과 똑같이 그 방식을

함께 일하고, 함께 살아가는 유럽

당연하게 생각했고 의심하지 않았지. 현대의 기술과 방식으로 농사를 짓는 걸 오히려 자랑스러워하셨어. 나도 그땐 아무 것도 몰랐지. 하지만 어느 날 문득, 뭔가 잘못됐다고 느꼈어. 하루는 농장 사람들이 일하는 것을 유심히 지켜봤는데 모든 작업이 기계로 이뤄졌고, 많은 화학제품을 사용하고 끊임없이 땅을 갈아엎는 거야."

농사의 첫 걸음은 땅을 경작하는 것이다. 하지만 땅을 갈아엎으면 토양이 쓸려 나가 유실되고, 온갖 잡초와 꽃, 벌레가 사는 땅의 생태계를 파괴할 수밖에 없다. 이 모습을 목격한 엘리자베스는 자연재해를 줄이고 생태계가 무리가 덜 가는 무경작 보존 농법을 시작했다. 가장 먼저 한 일은 90센티미터 간격으로 야채뿐만 아니라 꽃 등 다양한 식물들을 혼작하는 것이었다. 효과는 얼마 되지 않아 바로 나타났다. 나비와 다양한 곤충들이 날아오기 시작했고 땅속에도 생물들이 돌아오기 시작했다.

"자연에게도 아주 적은 양이라도 나눠 주는 게 매우 중요해."

엘리자베스는 힘주어 말했다. 혼작뿐만 아니라 농장을 둘러 거대한 산울타리도 만들었다. 길이 11킬로미터 폭 3미터의 이 산울타리는 벌 같은 화분매개곤충을 위한 것이다. 꽃이 피고 열매가 맺히려면 수분(식물 수술의 화분이 암술머리에 옮겨붙는 일)이 필요한데, 자연 수분의 대표 곤충이 바로 벌이다. 벌이 사라지면 꽃도, 나무도, 열매도 사라질 것이다. 이 산울타리가 농업의 근간을 이루는 자연 생태계를 지키는 것이다.

엘리자베스는 2011년 화학 약품과 비료를 아예 쓰지 않는 완전한 유기농 농장을 운영하기로 결심했다. 그런데 오히려 이 결정이 문제였다. 유기농 농장을 시작하려면 잡초를 없애기 위해 다시 땅을 갈아엎어야 하기 때문이었다. 10년 동안 땅을 갈아엎지 않고, 이제 겨우 무너졌던 생태계가 제자리를 찾아가고 있는데, 다시 땅을 엎으라니. 그럴 수는 없었다. 어느 것 하나 포기할 수 없었던 엘리자베스는 알랑과 함께 땅을 갈아엎지 않으면서도 화학 약품과 비료 없이 유기농으로 농사를 지을 수 있는 방법을 찾아내고자 했다.

"식물 전문가들과 바이오맥스 전문가를 만나고 연구를 했지. 그렇게 '수퍼 바이오맥스'를 고안했어."

바이오맥스? 처음 들어본 단어였다. 엘리자베스와 알랑은 이 농장만의 비장의 무기를 꺼내 들었다는 듯한 표정이었다. 알랑이 내게 이 농장의 흙을 한번 살펴보라고 했다.

"어때? 흙의 상태가 굉장하지? 바이오맥스란 일곱 개 과의 각기 다른 열일곱 종의 식물이 일하는 방식이야. 어떤 식물은 땅을 파고들어 밭을 갈지 않아도 되고, 또 어떤 식물은 좁은 이랑으로 이로운 벌레들을 모이게 하지. 어떤 식물은 질소를 가둬 두기도 하고, 모든 식물이 자기 역할이 있어. 기계와 비료가 하는 일을 대신하는 거야. 자연과 함께 일하는 방식이지. 지렁이는 땅에 구멍을 만들어서 경작을 하지 않아도 비옥하게 만들어. 하지만 살충제를 쓰면 지렁이까지 다 죽어 버리지."

사람뿐만 아니라 자연까지 생각하는 농사. 깊고 넓게 생각하고, 그 생각을 실천으로 옮기는 이들이 정말 대단해 보였다. 더욱이 이 넓은 땅을 임대료도 받지 않고 무상으로 빌려주는 결심은 아무리 돈이 많은 자산가라고 해도 쉽지 않았을 것이다.

"우리는 작물의 다양성을 추구해. 하지만 그 많은 작물들을 나 혼자 키워낼 수는 없잖아? 난 손이 두 개밖에 없으니까. 그래서 이 넓은 땅으로 다른 사람들을 불러들이자고 생각한 거야. 나는 다양성을 추구하고, 그 사람들은 땅이 필요하니까 서로에게 좋은 거지. 우리는 서로가 있어서 서로에게 필요한 것들을 채울 수 있어. 그리고 바로 이런 것이 농업에서 중요한 점이야. 다른 사람과의 교류, 협력 말이야. 우리가 어렸을 때 배웠던 경쟁, 싸움보다 이런 협력을 통해서 더 멀리 갈 수 있어. 혼자서는 빨리 갈 수 있지만, 여럿이 함께라면 더 멀리 갈 수 있지."

도멘 드 그로는 그 규모만큼이나 정말로 굉장한 사회 프로젝트란 생각이 들었다. 우리는 한마디도 놓치지 않으려고 바짝 집중했다.

"우리는 자연을 믿어. 자연을 상처 입히지 않고, 맞서 싸우지 않으면 자연은 항상 그대로 있어. 그리고 인간에게 많은 것을 주지. 그러기 위해서는 자연을 신뢰해야 해. 지금은 너무 많은 사람들이 돌려주지 않고 항상 가져가기만 해. 너무 이기적이야. 항상 돈뿐이지. 자연에게 조금이라도 돌려주지 않으면 안 돼."

페이 백(Pay back, 돌려주다), 우리가 얻은 만큼 자연에게 돌려줘야 한다니 명언이다. 이 말이 마음에 콕 들어와 박혀서 우리 셋은 여행이 끝날 때까지 몇 번이고 이 단어를 중얼거렸다.

함께 일하고, 함께 살아가는 유럽

피에르의 염소 농장

소피와 피에르는 마을에서 열리는 마켓에서 직접 짠 염소 젖으로 만든 치즈를 만들어 판다. 그래서 이른 새벽부터 피에르를 따라 염소 농장에 가서 젖을 짜기로 했다. 염소 젖을 짜 보는 것은 처음이라 아침 일찍부터 눈이 번쩍 떠졌다. 피에르가 키우고 있는 염소는 총 서른 마리. 처음엔 열 마리로 시작했는데 올해 3월에 스무 마리가 태어났다. 하지만 스무 마리는 아직 너무 어려서 젖을 짤 수 있는 염소는 여전히 열 마리가 전부다. 피에르는 우리에게 염소 젖을 짜는 방법을 가르쳐 줬다.

"여기 두 마리는 너네가 직접 젖을 짜봐. 이 염소 좋은 젖을 짜는 게 쉽지 않아. 끊임없이 움직이거든. 처음 염소를 키울 땐 나도 정말 불가능할 거라고 생각했어."

피에르가 키우고 있는 염소는 프랑스 보르도 지방에서 왔는데, 전 세계 단 3천 마리밖에 없는 종이라고 했다.

"하루에 나오는 우유 양은 어느 정도야?"

"하루에 2~3리터를 짤 수 있지만 지금은 1리터만으로도 충분해. 정말 품종이 좋은 하얀 염소는 한 염소당 6리터까지 짤 수 있어. 하지만 정말 잘 먹이고, 계속 젖만 짜야 하지. 그건 내가 원하는 게 아니야. 난 염소를 좀 더 존중하고 싶어. 무리하게 젖을 짜고 싶지 않아. 이미 치즈를 만들 만큼 충분한 양을 얻고 있으니까."

그는 염소들을 아꼈다. 밖에서 풀을 뜯어먹게 방목하며 키우고 매일

함께 일하고, 함께 살아가는 유럽

아침 호밀과 콩이 섞인 사료를 영양식으로 준다. 염소마다 이름을 붙였고 어떤 특징이 있는지도 모두 알고 있었다. 염소들은 엘리자베스가 빌려준 2헥타르의 땅에서 마음껏 풀을 뜯고 놀고 있었다.

소피와 피에르는 매일 아침 직접 짠 신선한 염소 우유로 치즈와 요거트를 만든다. 두 사람의 집에는 치즈와 요거트를 만드는 작업장이 따로 있다. 그날 아침 우린 치즈 만드는 법을 볼 수 있었다. 염소 우유에 효소를 넣으면 하루가 꼬박 지난 후 블록 형태로 굳는다. 여전히 물을 많이 머금고 있는 이 블록을 고체로 굳히면 우리가 흔히 만화에서 보던 둥근 치즈 블록이 되는 것이다.

이렇게 만든 치즈와 요거트는 주말에 열리는 마켓에서 판매한다. 이곳 마을 출신인 피에르를 찾아온 주민들은 부부에게 안부를 묻고 여러 대화를 주고받으며 물건을 구매했다. 그들 사이에 단순히 물건을 판매하는 이상의 유대감과 신뢰 관계가 보였다.

내 어릴 적 기억을 더듬어 보면 나 또한 종종 엄마를 따라 시장에 가곤 했다. 세계 어디를 가든 시장은 이렇게 활기차고 사람 냄새가 풀풀 난다. 요즘의 대형 마트에서는 볼 수 없는 풍경들이다. 한국이 이런 정감 넘치는 과거의 모습들을 점점 잃어가고 있다는 것이 안타깝다.

하석과 두현. 두 동생은 내가 아무리 못난 행동을 해도 날 믿으며 기다려 줬다. 숙소를 2인실로 예약했을 땐 두현은 망설임 없이 바닥에 침낭을 깔고 잤다. 두현은 세 명 중 한 명이 희생해야 하는 상황에서 항상 자신이 먼저 나섰다. 하석은 포용력이 크다. 하석을 처음 만나고 6년이 흘렀지만 히말라야에서 싸웠을 때를 빼곤 단 한 번도 불평불만을 들은 적이 없다. 뜬금없는 제안, 짜증을 이해하며 포용하는 친구다. 속 좁고 화 잘 내는 부끄러운 형이라 두 사람에게 미안할 뿐이다. 처음 여행하자던 내 제안에 망설임 없이 따라와 준 동생들. 이 여행길에 옆에서 함께 걸어주는 그대들이 참 고맙다.

네덜란드

NETHERLANDS

함께 일하고, 함께 살아가는 유럽

동물들도 행복한
아니타 아주머니의 양 농장

네덜란드에 도착한 순간 자연 그대로의 모습이 유지된 채 인간의 문명이 조화롭게 어우러진 느낌이 너무 좋았다. 새초롬하면서도 차분하게 내려앉은 초록으로 휩싸인 풍경도 멋졌지만 아니타 아주머니의 이야기를 들으며 나는 네덜란드에 푹 빠지고 말았다.

"동물을 귀하게 존중하는 나라여야 인간도 인권을 존중 받으며 살 수 있단다. 인간이 가축을 키우고 잡아먹는 것을 막거나 부정할 순 없지. 대신 나는 내가 키우는 양들이나 가축들이 살아 있는 동안에는 행복하게 살도록 해 주고 싶어."

우리는 이곳 아니타 아주머니의 샤펜스트리크(Schapenstreek) 농장에서 가축들을 존중하며 살아가는 방법, 농업국가 네덜란드 농부들의 삶을 배워 가기로 마음먹었다. 아니타 아주머니는 1988년에 농사를 시작했다. 바이오 다이내믹 농법을 가르치는 교육시설 바먼더호프(Warmonderhof)를 졸업하고 이곳에 정착했다. 아주머니는 이곳에서 양, 소, 돼지와 같은 가축들을 키우고 있는데 특히 양에 대해서는 모르는 게 없었다. 양들이 마음껏 뛰어놀 수 있도록 넓은 초원에 풀어 주었고, 이 양의 젖으로 우유, 그리고 요거트, 치즈, 아이스크림을 만든다.

네덜란드에 와서 인상 깊었던 건 사람들이 보트를 대중교통처럼 이용하고 있다는 점이다. 네덜란드는 라인강, 마스강, 스헬데강 세 개의

함께 일하고, 함께 살아가는 유럽

큰 강이 만나는 지역으로, 아니타 아주머니가 있는 네덜란드 서쪽 지역에서는 도로와 붙어 있는 큰 땅에 농사를 짓고 물길로 인해 작은 섬이 된 곳에는 다리를 연결해 양이나 소의 목초지로 사용하고 있다. 지금은 이렇게 농업에 적합한 환경을 구축한 네덜란드지만 옛날에는 잦은 홍수로 큰 피해를 입었다고 한다. 끊임없이 연구하고 고민한 끝에 댐을 세우고 풍차로 물을 퍼내며 농사를 짓기 시작한 네덜란드는 마침내 공학과 농업이라는 두 가지 기술력을 지닌 농업강국으로 거듭났다. 농민을 중심으로 농업고등학교, 투자자, 컨설턴트, 연구원, 공무원 등 다양한 분야의 사람들이 농업의 미래를 논의하고 농민이 이를 직접 실행하고 있다. 네덜란드 농업 시설의 95퍼센트가 유리온실이며 100여 년의 역사를 이어가고 있는 것은 다 이러한 노력의 결과일 것이다.

네덜란드의 농부들은 아니타 아주머니처럼 3천~3만 평의 땅과 시설을 관리하는 가족농이 많다. 아주머니의 가족은 대가족이었다. 아니타 아주머니 부부와 친구 카린 아주머니, 세 딸과 인턴 록산까지 총 일곱 명이 함께 살고 있는데 저마다 맡은 역할이 달랐다.

아니타 아주머니는 농장의 중심이다. 농장의 경영을 책임지고 가축들을 세심하게 돌본다. 양에게 먹이를 주는 일부터 출산 때 옆을 지키는 일까지 모두 아니타 아주머니가 맡고 있다. 아주머니의 둘째 딸 파이카는 케어팜(Care farm)을 담당한다. 케어팜은 몸이 불편하거나 정신적으로 지친 사람들이 농장에서 일하며 스스로를 치유하는 시스템이다. 정부의 지원과 농장의 자발 참여로 운영되는 프로그램인데 병원 치료와는 다른 자연 친화적인 치료가 필요한 사람들에게 참 유익하겠다는 생각이 들었다.

카린 아주머니는 원래 마사지사다. 아니타 아주머니의 남편이 해외에 간 동안 농장 일을 함께 도우며 아이스크림을 만들고 있다. 아니타 아주머니도 그렇지만 카린 아주머니도 우릴 아들처럼 아끼고 사랑해 주셨다. 사실 아주머니는 처음엔 우리를 낯설어하고 불편해 했는데, 어느날 밤의 일을 계기로 그 경계의 벽이 허물어졌다.

"안녕히 주무세요, 카린 아주머니."

잠자리에 들기 전 아주머니에게 인사를 하니, 정말 환하게 웃으시는 거였다. 평소 서먹하던 아주머니의 태도가 한순간에 바뀌어 의아했는데 나중에 이런 이야기를 들었다.

카린 아주머니는 세 아이가 있는데 어릴 땐 잘 자라는 인사를 하던 아이들이 모두 크고 난 뒤로, 더 이상 따뜻한 인사를 하지 않는 게 슬펐다고 한다. 집안일을 끝내고 뒤돌아 보면 가족들은 어느새 다 들어가고 홀로 남아 있었다. 그래서 몇 년 만에 들어본 잘 자라는 인사가 너무 기뻤다고 말이다.

아니타 아주머니와 카린 아주머니 두 분을 만나면서 사랑, 그리고 사람에 대해 많이 생각했다. 어른이 되고 나이가 든다는 것은 단순히 시간만 흐르는 것이 아니라 자신만의 색을 담은 그림을 조금씩 완성해 가는 것이다. 두 분의 도화지에는 어떤 그림이 그려져 있을까?

분명 따스하고 포근한 색일 것이다.

새끼 양을 받다

이곳에서 우리는 아침에 눈을 뜨면 100마리의 양을 목초지에 내보내고 낮에는 치즈와 아이스크림 만드는 법을 배웠다. 저녁에는 우리 손으로 한국 음식을 만들어 대접했다. 여느 때처럼 저녁 준비에 한참인 어느 날, 갑자기 다들 분주하게 축사로 뛰어가는 것을 목격했다. 무슨 일인지 몰라 냅다 따라 뛰었는데, 우리는 이곳에서 경이로운 순간을 또다시 마주했다. 라오스에서는 돼지의 출산을 옆에서 지켰는데 이번엔 양의 탄생을 보게 된 것이다.

황급히 축사로 이동하는 사람들을 따라 갔을 땐 이미 아니타 아주머니가 양의 자궁 속에서 새끼 양을 찾고 있었다. 돼지와 다르게 양의 출산은 1분도 채 걸리지 않았다. 첫째가 나오고 이번엔 두현이 둘째의 출산을 도왔다. 두현은 감격한 듯 멍하니 갓 태어난 생명을 바라보고 있었다. 셋째는 내가 받았다. 아니타 아주머니께서 어미 자궁 속에 있는 양의 두 다리를 내 손에 쥐어 주는데 따뜻함과 생동감에 온 몸이 녹아내릴 듯했다. 마침내 세상에 태어난 어린 양을 보니 울컥 눈물이 날 것 같았다. 갓 태어난 새끼를 위해 어미는 새끼를 덮은 얇은 막을 핥아 없애주고 숨을 쉴 수 있도록 도왔다.

아니타 아주머니와 카린 아주머니는 갓 태어난 새끼들의 이름을 각각 '코', '리', '아'라고 지으며 모두의 선물이라고 말씀하셨다. 이곳에 온 지 며칠 되지 않았지만 우리는 마치 그들의 가족이 된 것 같았다. 두

분은 네덜란드에 있는 우리의 엄마 같다는 생각이 들었다.

아니타 아주머니는 2015년, 우리가 방문한 해에 처음으로 우퍼를 받았다. 우퍼를 받기로 결심한 데에는 깊은 뜻이 있었다.

"네덜란드 농업도 점점 자연과 멀어지고 있어. 전 세계에서 네덜란드로 농업을 배우러 오지만 난 잘못된 농업을 공유하고 싶지 않단다."

아니타 아주머니는 언제부턴가 네덜란드의 농업이 환경과 사람보단 이익 중심의 기술 집약형, 공장형 농업으로 변하기 시작했고 이런 농업 방식으로는 안전하고 믿을 수 있는 제품을 만들어 낼 수 없다고 말했다.

3P(이익 Profit, 인류 People, 지구 Planet)와 지속가능한 농업을 지향하는 네덜란드 농업의 진정한 모습을 보여 주고 싶어 아주머니는 우퍼를 받기 시작했다.

나 역시 아주머니의 의견에 전적으로 동의한다. 우리가 지향해야 할 것은 발달된 기술이나 편안함이 아니라 앞으로의 생태, 지구, 인류, 공생, 순환이다. 여행을 하며 지구의 환경이나 사람의 건강을 생각하는 농부들을 만나다 보니 우리가 보고 듣고 배운 이 이야기를 더 많은 사람들에게 널리 알려야겠다는 생각이 들었다. 그것이 우리가 영화를 찍고, 책을 쓰게 된 동력이었다.

우리 여행도 이제 겨우 6일 남았다. 우리는 여행의 끝에 다다라서야
상처 주지 않는 대화법을 체득했고 이제야 서로 웃으며 걷고 이야길
나눌 수 있게 됐다. 사소한 이야기들을 주거니 받거니 하며 이 길을
함께 걸을 수 있는 관계로 돌아왔다는 것이 무엇보다 행복했다.
하지만 이 여행에서 답을 찾았냐고 묻는다면 글쎄, 여전히 잘 모르겠다.
다만 달라진 것이 있다면 한국의 사회 시스템에 불안해하며
외국에서 살까 고민하던 나는 사라지고 '한국 사회를 바꿀 거야.
바꿀 수 있어'라고 용기내어 말할 수 있게 됐다. 내가 반드시
해야 할 일을 드디어 찾은 것이다.

알스메이르에서 만난
협동조합의 구조

알스메이르에는 전 세계에서 가장 큰, 축구장 200개 규모의 화훼 경매장이 있다. 전 세계 꽃 80퍼센트의 경매가 이곳에서 이뤄진다. 알스메이르가 꽃의 도시가 된 것은 뛰어난 품종개량 기술과 무역에 유리한 위치라는 강점도 있지만 꽃 축제와 퍼레이드로 사람들의 발길을 끌기 때문이다.

경매는 이른 새벽에 열리는데 그 사실을 몰랐던 우리는 경매가 다 끝나고 나서야 경매장에 도착했다. 경매장이 파했기 때문에 들어가거나 구경을 할 수 없다는 말에 경매장에서 꽃을 실어 나르는 대형 트레일러만 실컷 구경했다.

화훼 경매장을 꼭 보고 싶었던 이유는 이 거대한 경매장이 사실 단 몇 명의 농부에 의해 시작되었기 때문이다. 알스메이르는 1912년 화훼 재배를 하던 몇 농가가 작은 카페에서 자신들이 키운 꽃을 경매하면서 시작되었다. 네덜란드는 당시에도 화훼 거래가 활발했다. 하지만 중간상인이 낮은 가격에 꽃을 매입했기 때문에 농가는 제대로 수익을 내지 못하는 상황이었다. 노력에 대한 정당한 대가를 받고 싶었던 사람들이 삼삼오오 카페에 모여 경매를 열기 시작한 것이다. 이후 1968년 알스메이르는 정식 경매장으로 발족했고 현재는 약 5천여 개의 화훼 농가와 3천여 명의 연구진이 모인 협동조합으로 발전했다. 하루 유통되는 꽃의 양은 대형 트레일러로 5천 대. 5천만 송이에 달한다.

협동조합. 처음 여행을 시작한 2013년에는 생소했던 단어다. 농업을 공부하고 사회적경제를 공부하다 보니 이젠 제법 익숙해졌다. 협동조합은 사회적기업, 비영리단체, 마을기업과 같이 사회적경제에 포함된 기업의 형태 중 하나다. 사회적경제는 오늘 날 우리가 흔히 알고 있는 이윤의 극대화를 추구하는 시장경제와는 다른, 물질이 아닌 인간 중심의 경제다. 내가 사회적경제를 공부할 때 이윤의 분배에 대한 설명이 가장 쉽게 와 닿았다.

시장경제에 포함되어 있는 기업들은 수익이 났을 때 수익의 분배가 균등하게 일어나지 않는다. 또한 모든 경제 주체가 자유를 가지고 있으며 평등하다고 말하지만 실제로 타고난 능력이나 물려받는 재물이 다르기 때문에 평등하다고 말할 수 없다. 이런 불평등과 불균등 때문에 두 사람이 같은 시간을 일해도 임금 격차가 수십, 수백 배씩 나기도 한다. 이는 결국 빈부격차를 더 크게 만들고 때론 자본이 인간의 삶을 지배하는 상황까지 만든다. 시장경제 체제 속에서 태어나 자란 나는 이런 시장경제의 시스템을 당연하다고 느꼈다. 허나 지금은 안다. 이 시장경제가 경제활동의 모든 것이 아니라는 것과 모든 것이 되어선 안 된다는 것을.

협동조합은 조합원들이 출자금을 낸다. 조합에선 이 출자금으로 다양한 경제활동을 하고 그 경제활동에서 벌어들인 이윤을 조합원들에게 분배한다. 조합을 운영하는 직원들의 임금 격차는 최대 5배 이상 나지 않는다. 조합의 의사결정은 조합원들이 함께하고 조합장이나 임원진을

뽑을 땐 조합원들이 함께 투표를 해서 뽑는다. 그래서 사회적경제의 의사결정은 느린 편이지만 긴 시간 동안 많은 사람들의 아이디어가 들어간다는 장점이 있다.

　최근 들어 한국에서 사회적경제 분야가 더 활발해지는 이유는 그 동안 경제의 대부분을 차지하던 시장경제 시스템에 문제가 있다는 것을 사람들이 의식했기 때문이라고 생각한다. 우리가 다녀본 유럽은 시장경제와 더불어 사회적경제도 활성화되어야 한다는 생각이 확고했다. 대형마트의 수만큼이나 협동조합이 운영하는 매장이 보였다. 대부분의 농가는 농업협동조합과 함께했다. 그곳에서 지원을 받고 기술을 공유하고 사람을 만나고 상품을 판매했다.

　프랑스의 안과 레미, 질 아저씨. 이탈리아의 테라베네 친구들. 벨기에의 마르틴, 소피. 네덜란드의 아니타 아주머니. 인도의 싯다르타 빌리지. 라오스의 김진수 목사님. 인도네시아 더러닝팜. 호주의 크리스탈 워터스. 모두가 친구, 이웃, 마을 사람들 그리고 지역민들과 상호 교류했다. 서로 나누고 배려하고 도우며 똘똘 뭉쳐야 함께 행복하고 만족스러운 삶을 살 수 있다는 것을 알고 있기 때문이다. 한국으로 돌아가서 나 또한 청년 농부를 위한 협동조합을 만들 수 있지 않을까? 화훼 경매장을 다녀온 후 고민은 더 깊어만 갔다.

자원을 재활용하는 장미 농장

한 장미 농장에 방문했다. 농장이라고 하기에는 거대한 유리 온실에 가까워 보였다. 한국에선 몇십 억대 부자는 되어야 가진다는 7천 평 규모의 온실이었다. 농장 주인 에흐베르트는 이런 온실을 두 개나 운영하고 있다. 농장에서 키운 장미는 모두 알스메이르로 유통된다. 에흐베르트는 알스메이르 협동조합에 가입한 조합원이다.

장미는 흙이 아니라 단단한 스티로폼처럼 생긴 락울(Rock wool)에 키웠다. 락울은 집 단열재로 쓰이는 무기섬유의 일종이다. 락울에 장미를 심으면 1~2주면 싹이 나고 7~8주가 지나면 수확할 수 있다. 장미의 성장 시간과 수확 시기가 다 다르지만 매주 15만~16만 송이를 안정적으로 공급할 수 있다.

유리 온실은 일조량뿐만 아니라 온도 조절과 공기 순환을 위한 개폐장치나 보일러 시설, 물을 공급하는 관수 시설, 물의 정화 시설까지 모두 자동화되어 있었다. 사람의 손길이 닿는 건 오로지 장미를 수확할 때뿐이다. 기계는 사람의 섬세한 손길을 따라올 수 없기 때문이다.

"한국에는 농부들이 많나요? 줄어들고 있나요?"

에흐베르트는 젊은 농부가 줄어들고 있는 건 네덜란드도 마찬가지라고 말했다. 네덜란드엔 농업에 관련된 규제가 많아서 농부가 되려면 돈이 많이 드는데, 드는 돈에 비해 벌이는 넉넉하지 않으니 젊은 사람들은 농부가 되는 걸 기피한다고 말이다. 15년 전 네덜란드 경기가 좋았을 때는 은행들이 사업자금을 지원해 주었지만, 유럽의 경기가 흔들리기 시작하고 장미의 값어치가 떨어지며 많은 농장이 문을 닫았다. 30대의 젊은 농부 에흐베르트는 정부의 지원을 받아 이 온실들을 마련했다.

이 농장에서 인상적이었던 건 자원을 재활용하는 발전시설이었다. 온실에는 자체적으로 전기를 생산하는 가스 발전시설이 있었는데 온실에서 전기를 사용하지 않을 땐 마을 사람들이 사용할 수 있도록 전기를 제공했다. 전기를 생산할 때 나온 매연은 바로 정화해 이산화탄소로 만들고, 이 이산화탄소를 온실 내부에 공급한다. 물 역시 재활용하여 공급하고 있는데, 자원을 재활용하는 게 하지 않을 때보다 비용이 더 저렴하다고 한다. 정부 역시 이런 시스템을 적극 권장하고 있다.

에흐베르트는 두 시간 가까이 농장을 소개시켜 줬다. 이 유리온실은 그동안 다녀온 농장에 비해 인위적인 느낌이 강해 처음에는 거부감도 있었다. 하지만 물도, 공기도 모두 정화해서 다시 사용하며 자연을 생각하는 그를 보니 마냥 나쁘게만 볼 수 없다는 생각이 들었다.

우린 알스메이르에서 나와 80킬로미터 가까이를 걸었다.
길마다 초록 대지가 펼쳐지고 동물들이 그 땅에서 풀을 뜯고 있었다.
문득 궁금해졌다. 네덜란드는 농지를 어떻게 보호하고 있을까?
앞서 다녀온 프랑스, 벨기에처럼 네덜란드 역시 부동산 투기를 막고
농지를 보호하는 제도가 있다. 그린 하트(Green heart) 제도는 농지를
매입, 매각할 때 사용 가치로 가격을 책정하는 것이 아니라 농업용
토지로 사용할 때의 가치를 책정해 거래하도록 한다. 이로써 농지
가격의 안정을 도모하고 투기적 농지 보유를 제한했다. 우리가
다녔던 유럽의 네 나라는 모두 미래를 위한 토지보호정책을 가지고
있다. 한국에 돌아가면 우리나라의 토지보호정책을 꼼꼼히 살펴
봐야겠다는 생각이 들었다.

미래의 농부를 키우는 곳,
바먼더호프 농업학교

풍력발전기가 줄지어 서 있는 농장 길을 걸어 마지막 목적지 바먼더호프 농업학교에 도착했다. 우리가 이곳을 마지막 목적지로 정한 것은 아니타 아주머니의 농장에 있을 때였다. 인턴으로 일하고 있는 록산이라는 친구가 아니타 아주머니가 졸업한 학교 바먼더호프에 다니고 있었는데, 이제 막 20대 초반인데도 스스로 정한 삶의 방향을 따라 미래를 설계하며 차곡차곡 단계를 밟아나가는 모습에 감명을 받았다. 그래서 네덜란드의 농업교육, 특히 바먼더호프에서는 어떤 교육을 하는지 궁금해졌다. 학교가 농부를 키우는 데 어떤 역할을 하는자 알고 싶었다.

학교에는 10~20대 100여 명의 학생들이 기숙생활을 하고 있었다. 이곳의 학생 윌과 이스마인이 우리에게 학교를 소개해 주기로 했다. 두 사람은 이곳이 전 세계에서 유일하게 바이오 다이내믹 농법을 배울 수 있는 곳이라고 자랑스럽게 말했다.

"바이오 다이내믹 농법은 어떤 문제가 생겼을 때 이를 온화하게 해결하는 방법을 알려 줘요. 예를 들자면 벌레들이 파먹어서 당근이 병에 걸리면 이 벌레들이 양파를 싫어하는 점을 이용해서 두 작물을 한 곳에 심는 거예요. 그러면 벌레들이 당근을 파먹지 않아요. 벌레를 죽이기 위해 자극적인 화학약품을 쓰지 않아도 되는 거죠. 자연에게 해를 끼치지 않고 문제를 해결하는 게 바이오 다이내믹의 목적이에요."

바이오 다이내믹 농법은 발도르프 교육의 창시자로도 알려져 있는 루돌프 슈타이너 박사에 의해 1924년 창안되었다. 우주와 지구의 관계, 자연과 사람의 관계를 깨우치고 하늘과 땅, 자연물들이 사람에게 어떤 영향을 미치는지 그 관계를 농사에 적용시키는 농법이라고 볼 수 있다. 태양과 달을 포함한 천체 운행에 따른 농사력에 입각하여 다양한 농산물의 파종 계획을 세우는데 이 농법에선 별의 움직임에 따라 열매의 당도나 크기가 달라진다고 말한다.

또한 바이오 다이내믹 농법은 농장 전체를 하나의 유기체로 본다. 농장의 식물과 곤충, 동물, 나무들이 하나의 유기체로 서로 작용하며, 이 하나의 완성된 유기체가 스스로 생태시스템을 갖춰 전체 균형을 유지한다는 것이다. 농장에 퇴비를 뿌리는 행위는 농작물의 자생능력과 면역력을 낮춘다. 그런 점에서 바이오 다이내믹 농법은 친환경 농법보다 더 자연친화적이다.

이곳에서 윌과 이스마인은 무엇을 배우고 있을까?

"저는 소를 키우고 싶어요. 가축을 공부하는 게 좋아요. 하지만 이곳은 한 가지 전공을 정해서 그것만을 배우는 것이 아니라 자신의 진로를 찾아낼 수 있도록 단계별로 교육하고 있어요. 1학년 때는 농업에 대해 골고루 배우면서 어떤 분야가 있는지, 내가 잘하고 또 내가 좋아하는 분야는 무엇인지 알아가는 거죠. 2학년 1학기는 이론수업을 하고 2학기는 자기가 가고 싶은 회사에 인턴으로 일하러 가요. 그리고 3학년 때 정말하고 싶은 전공을 선택하죠."

바먼더호프에서는 1학년 때 농업 전반에 대한 교육을 받는다. 이곳은 과수원, 온실재배, 노지재배, 가축사육, 화훼 등 여러 시설을 갖추고 있고 작물의 종류도 다양하다. 과수원의 규모는 25헥타르. 버스를 타고 가야 할 정도로 넓다.

이곳도 더러닝팜처럼 학생들에게 1.5제곱미터의 땅을 할당해 준다. 1학년 때만 땅을 할당해 주는데 그 땅에서 자신이 키우고 싶은 작물을 키우도록 한다. 매주 토요일에 열리는 마켓에서 자신이 키운 것을 직접 판매할 수 있는데 수익금은 온전히 본인이 가져간다.

이렇게 학기를 거듭하며 쌓아온 경험들이 4학년 때 결실을 맺는다. 4학년이 되면 기존 농업 회사들의 농법을 공부하며 사업계획을 세운다. 공부를 열심히 한 상위 세 명에게는 1년 동안 9헥타르의 땅을 빌려주는데 이곳에서 자기 사업을 해 볼 수 있다. 4년간 농업의 다양성을 배우고 그곳에서 자신의 길을 찾아갈 수 있도록 해주는 이 학교의 교육 과정이 놀라웠다. 특히 자신의 사업을 해 볼 수 있도록 지원해준다는 건 정말 솔깃했다. 9헥타르면 무려 27000평이나 된다.

학교 내에는 네 개의 기업이 있다. 이 기업들은 학교의 농장을 관리하고 키워 낸 과일, 채소, 유제품들을 외부에 판매한다. 저수지 옆에 있는 화단 역시 한 기업이 관리하고 있는데 벨기에의 마르틴 농장처럼 사람들이 돈을 내면 화단에서 꽃을 가져갈 수 있다.

이 화단과 그 옆의 온실은 동종요법으로 관리하고 있었다. 1년 내내 꽃과 채소를 재배하는데 채소와 꽃 사이로 각종 야생화가 피어 있었다. 이 야생화가 바로 텃밭의 생태계를 지키고 있는 것이다.

"저런 야생화에는 흰나비의 천적인 벌레들이 살고 있거든요. 야생화의 벌레가 흰나비를 잡아 먹기 때문에 채소가 병에 걸리지 않는 거죠."

이 학교에선 한 땅에서 순차적으로 다른 작물을 재배하는 윤작도 하고 있다. 넓은 초원을 네 개 구역으로 나눠 그중 한 곳에 2년간 소를 키운다. 그 2년 동안 땅은 소의 분뇨로 아주 비옥해지고, 그럼 채소를 키우느라 영양을 잃은 땅에서 소를 키우며 다시 땅을 비옥하게 만든다. 나머지 세 땅에는 서로 다른 작물을 키우는데, 이렇게 매년 2년씩 땅을 순환하면서 화학비료를 사용하지 않고 땅을 관리하는 것이다.

두현은 이스마인의 이야기를 듣고 부끄럽다고 했다. 이스마인은 스무 살. 두현은 스물여덟 살. 그래도 8년을 더 살고 대학에서 원예학을 4년 전공했는데 이스마인보다 농업에 관한 철학이나 지식, 기술이 부족한 것 같다며 얼굴을 붉혔다.

"농사를 짓기 전에 학교에서 이런 시행착오를 먼저 겪는 거니까 엄청 좋은 것 같다. 실제로 내 농장을 갖고 농사를 지을 때는 실패를 하면 부담이 많이 되는데 학교에서 이렇게 먼저 배우니까. 정말 부럽다."

보통 농장들은 그냥 채소들만 즐비한데 이곳은 빨간 상추, 파란 상추, 당근 등 다양한 작물이 모두 모여 있으니 꽃밭 같았다. 이곳에서 두현은 생각이 많이 달라졌다고 한다. 고향으로 돌아가 어떻게 농사를 지을 것인지, 아이디어가 막 샘솟는 것 같다고 했다.

"이 학교가 특별한 건 여기서 배운 걸 바로 활용할 수 있기 때문이에요. 오전에는 학교에서 이론을 배우고 오후에는 실제 회사에 가서 더 많은 걸 배우죠. 이론으로는 알 수 없던 문제들을 회사에서 직접 맞닥뜨리면서 어떻게 대응해야 하는지 배울 수도 있어요. 소의 제왕절개 수술을 할 때 배가 아니라 옆구리 쪽을 갈라야 한다던가, 교실에서는 가르치지 않는 것들을 말이죠."

이스마인은 이어서 자신이 공부하고 일하는 곳이 같다는 점이 중요하다고 말했다.

"학교에서 실습을 하다가 수업이 끝나더라도, 언제든지 다시 돌아와서 소의 상태를 확인할 수 있어요. 이 학교가 그저 이론만 가르치는 곳이 아니기에 가능한 거에요. 다른 학교에서는 절대 경험할 수 없죠."

이곳에 오길 정말 잘했다고 생각했다. 학교에 머무른 건 세 시간 남짓의 짧은 시간이었지만 정말 많은 것을 배웠다. 학교의 교육은 체계적이고 실용적이었다. 이곳에서 보내는 4년은 한 명의 귀한 청년 농부를 키워 내기에 충분했다. 청년 농부들이 농사를 지을 수 있는 환경을 만들어 주고 교육에 힘쓰는 네덜란드가 진심으로 부러웠다.

여행의 끝, 다시 시작

네덜란드를 여행하며 우리는 아니타 아주머니에게 선물할 노래를 한 곡 만들었다. 아주머니의 둘째 딸 파이카와 미리 연락을 해 둔 우리는 몰래 농장으로 돌아와 숨어 있다가 짠 등장해서 노래를 불러 드렸다. 다들 우릴 반겨 주었다. 특히 두 아주머니는 우릴 보자마자 반가움에 눈물까지 흘리셨다. 밤 늦게까지 이야기를 나누고 다음 날, 아니타 아주머니와 진한 포옹을 나누고 돌아서는데 마음이 짠했다. 그렇게 우리는 긴 여정을 마치고 한국으로 돌아오는 비행기에 몸을 실었다.

2년이 넘는 여행이 드디어 끝났다는 생각이 들자, 기분이 싱숭생숭했다. 돌아오는 비행기 안에서 내내 마음도, 머릿속도 복잡했다. 앞으로 나는 무엇을 해야 할까? 무엇을 할 수 있을까?

나는 10년 동안 대학교를 다녔다. 이 나라 저 나라를 여행하고, 다양한 일들을 하며 경험을 쌓고, 여행 경비를 마련하다 보니 휴학도 많이 했다. 그 10년의 시간을 돌이켜 보면, 안타까운 점이 있다.

나는 메카트로닉스공학과라는 공대를 다녔는데 학교를 다니는 기간 내내 내가 배운 지식들이나 기술들이 어떻게 쓰이는지 말해 주는 사람이 단 한 명도 없었다. 전자, 전기, 설계, 언어 등을 배워도 이를 어디에 적용시킬 수 있는지 잘 몰랐다. 처음 대학에 다니고 수업을 들을 땐 솔직히 나도 별 관심이 없었다. 그런데 다양한 일을 해 보고 여행을 하다 보니 점점 이걸 어디에 써먹을 수 있을지 고민되기 시작했다.

어쩌면 선배도, 친구도, 아무도 그걸 몰랐을 수도 있다. 교수님은 알고 계셨을까? 아이디어를 내고 작품을 만들 때도 성적을 받기 위해, 졸업을 하기 위해서였다. 그 과제가, 그 작품이 어떻게 사회에 도움이 될지 생각해 본 적이 없었다. 하지만 여행을 다니며, 왜 기술이 필요한지, 기술을 배워서 무엇을 위해 어떻게 써야 할지 뒤늦게야 깨달음이 왔다. 자신의 기술이 어디에 쓰일지 알아 간다는 것은 공대생이 얻을 수 있는 최고의 경험이 아닐까? 조금 더 일찍 깨달았다면, 지금쯤 어디선가 대체에너지를 만드는 일이라도 하고 있지 않을까?

모든 게 부질없는 생각들이라는 걸 안다. 그래도 다행히 이 짧지 않은 여행, 많은 만남과 우여곡절 끝에 조금은 내가 나아갈 방향이 보이는 것 같다. 막상 한국에 돌아가면, 다시 학자금 대출을 갚기 막막한 현실에 놓인 대한민국 청년들 중 하나일 테지만, 세계에서 보고 배운 많은 것들이 분명 든든한 뒷배가 되어줄 것이다. 때론 힘겹고 또 때론 현실 앞에 막막함도 느끼겠지만 그래도 언제나 크게 꿈꾸고 일단 저지르고 보는 게 청춘 아니겠는가? 우리는 포기를 모르는 비상식량 팀이니까!

청년 농부를 위한 집을 짓다

세종대왕님이 내려다 보는 광화문 광장. 이곳에서 영화 〈파밍보이즈〉의 첫 시사회가 열렸다. 예정했던 상영 시간은 저녁 일곱 시였는데, 갑자기 폭우가 쏟아졌다. 야외에 마련한 1000개의 의자가 모두 흠뻑 젖었다. 우비도 턱 없이 모자랐다. 눈앞이 캄캄했다.

하지만 그렇다고 여기에서 포기하면 비상식량이 아니지! 오랜만에 얼굴을 마주한 하석, 두현과 함께 수건을 들고 비에 젖은 의자들을 닦기 시작했다. 계속 비가 내리는 바람에, 닦아도 소용없이 다시 젖어버렸지만 무엇이라도 해야 했다.

간절한 우리 마음이 통한 걸까? 폭우로 텅 비어버릴 줄 알았던 관객석이 거의 꽉 찼다. 700~800명은 되어 보이는 많은 사람들이 이 빗속에서도 우리 영화를 기다리며 자리를 지켜 주었다. 이 역사적인 장소에서 우리가 시사회를 하는구나, 울컥 감정이 치솟았다. 촬영 내내 괴로움에 부대끼던 마음이 비와 함께 씻겨나가는 기분이었다.

우리의 농업 세계일주를 담은 영화 〈파밍보이즈〉는 오랜 편집 기간을 거쳐 2016년 10월 부산국제영화제에 초청되었다. 그리고 2017년 7월 13일 전국 영화관에서 개봉했다. 하석은 음원 저작권료를 받았다고 싱글벙글했다. 여행하면서 우쿨렐레를 치며 만들었던 노래로 음원을 냈고, 이 음원이 영화 〈파밍보이즈〉의 OST로 흘러나왔다. 4월에 1,800원,

5월에 2,000원, 6월엔 33,000원이나 입금이 됐단다. 우리 여행의 가장 큰 수혜자는 하석이가 아닐까 생각한다. 여행을 떠나기 전엔 작사와 작곡에 재능이 있는 줄도 몰랐다. 기뻐하는 하석의 모습을 보고 있자니 뿌듯했다.

농업 세계일주를 다녀온 지 벌써 1년하고도 10개월이 지났다. 그동안 우리에게도 많은 변화가 있었다. 우선 두현은 고향 산청 강누마을에서 가업을 이어받아 딸기를 키우는 청년 농부가 됐다. 첫해에는 부모님과 함께 농사를 지었는데, 자신이 농업 세계일주에서 배운 것들을 농장에서 실험하면서 부모님과 아옹다옹 다투기도 하고 꾸중도 많이 들었다고 한다. 그리고 둘째 해부턴 두현이 일부를 직접 맡아서 농사를 지었는데 부모님이 그동안 올린 매출 기록을 갱신할 정도로 농사를 잘 지었다. 덕분에 올해는 부모님께 인정 받아 딸기 하우스 다섯 동을 직접 관리하고 있다. 두현은 2년이 채 지나기도 전에 마을에서 인정 받는 멋진 농부가 됐다. 세계의 농장에서 배운 농부들의 철학을 자신의 농사에 담아내고 있는 두현. 정말 자랑스럽다.

인생의 꿈도, 하고 싶은 일도 잘 모르겠다고 말하며 무기력했던 하석은 지금 누구보다 바쁘고 부지런히 살고 있다. 여행에서 많은 농부들을 만나면서 하석은 농부들이 키운 소중한 농산물들이 제값을 받을 수 있도록 생산자와 소비자를 연결하는 일을 하고 싶다고 말했다. 그래서 한국에 돌아오자마자 아이쿱 자연드림 매장에서 아르바이트를 시작했다. 처음은 아르바이트로 시작했지만, 사실 하석의 목표는 공채였다. 두 번의 낙방 끝에 내부채용에 합격한 그는 지금 서울 자연드림 매장에서 매니저로 일하고 있다. 자신이 좋아하는 것이 무엇인지 찾고 싶었던 하석은 이제 나아갈 방향을 명확히 알고 있는 듯하다. 역시 함께 여행을 떠나길 정말 잘했단 생각이 든다.

그리고 나는 현재, 집을 짓고 있다. 청년 농부가 되겠다며 2년 넘게 농업 세계일주를 떠났으면서 왜 집을 짓고 있냐고, 만나는 사람마다 물었다. 사실 한국으로 돌아왔을 땐 나 역시 어떻게 농사를 시작할까 고민했다. 여러 기관을 다니며 지원 정책도 알아보고, 다른 농장 일도 알아보았다. 하지만 농업 세계일주에서 경험한 것들을 바탕으로 퍼머컬처를 실험하고픈 내가 농사를 지을 수 있는 땅은 없었다.

내게 가장 필요한 것은 토지와 주거지였다. 그래서 방향을 바꾸어 농사는 잠시 뒤로 미루고 주거지를 먼저 해결하기로 결심했다. 자취방 보증금을 빼서 직접 집을 짓기로 결심하고, 산청의 지리산목조주택학교에 들어가 목조주택을 짓는 수업을 들었다. 그리고 목조주택 건축 사업을 하고 있는 지인에게 기초를 배웠다.

"청년 농부를 위한 집을 짓고 싶습니다."

작고 이동 가능한 목조주택. 농사 짓던 땅에서 쫓겨나더라도 주거지까지 잃지 않아도 되고, 태양열을 이용해 에너지 자립도 가능하며 생태화장실로 친환경적인 그런 집! 내 포부를 들은 지인들이 건축 시공부터 디자인, 설계는 물론 회계와 행정까지 다양한 것들을 알려주었다.

그리고 2016년 9월, 나는 두승이라는 동생과 함께 코부기 프로젝트를 시작했다. 코부기는 협동(cooperation)과 거북이를 합해 만든 이름이다. 함께 이동식 목조주택을 짓는다는 의미를 담아 지었다. 우리는 코부기 1호를 짓기 전에 전국에서 20여 명의 청년 농부들을 만나 인터뷰했다. 그들에게 어떤 집에서 살고 싶냐고 물으며 농촌 청년 주거 욕망 조사를 완성시켰다. 이를 토대로 집 구조를 설계하고 디자인했다. 한 달이면 완성시킬 수 있다고 생각했던 6평 작은 집 코부기 1호는 거의 1년 만에 완성됐다. 그리고 지금은 코부기 2호의 완성을 앞두고 있다. 1호에서 아쉬운 점들을 보완해 표준 모델을 만들었고, 앞으로 농부를 꿈꾸는 청년 농부와 귀농을 꿈꾸는 중장년층에 코부기를 판매할 계획이다.

농사에서 시작된 나의 여정은 건축으로, 사업으로 이어졌지만, 언젠가는 다시 농사를 지을 것이다. 하지만 내 목표는 '농사'가 아니다. 농사가 목적이 아니라, 농사를 통해 함께 상생하는 공동체를 만들고, 시스템을 갖추고 지속가능한 공동체로 성장하는 그 과정들이 더 중요하다는 것을 농업 세계일주에서 확인했다. 그래서 나는 청년 농부를 위한 일을 하는 사람이 되기로 결심했다. 토지도 자본도 없는 청년 농부들을 지원하는 단체를, 이들이 지은 농작물을 소비자와 연결할 수 있는 시스템을, 주변의 사람들과 함께 일하고 성장할 수 있는 사회를 만들고 싶다. 코부기로 조금씩 자본금을 모아 청년 농부를 위한 여러 프로젝트를 시행하면서 언젠가는 유럽의 CSA와 테르 드 리엥 같은 단체를 만들고 싶다.

정직하고 자신의 철학이 있는 청년 농부는 자라나는 아이들에게 건강한 먹거리를 제공하고, 고령화 사회에 접어든 농촌에 활기를 불어넣을 것이다. 사람들은 자신이 먹는 음식이 어디에서 나오는지 관심을 갖고 농사에 참여하고, 생태계를 망치지 않고 정성을 다해 농약 없이 키워 내는 청년 농부들의 농산물을 신뢰하고 또 소비할 것이다.

자신의 가치, 소명, 철학을 갖고 농사를 짓는 정직한 청년 농부를 키워 내는 건 그 어떤 일보다 중요하다는 것을 우리는 세계 곳곳에서 보았다. 농업은 산업이 아니라, 한 국가를 구성하는 기본 요소다. 그렇기 때문에 나는 청년 농부가 공공의 일자리가 되길 희망한다.

많은 사람들이 이 책을 읽고 농부의 삶에 조금 더 관심을 가질 수 있으면 좋겠다. 우리 아이들과 가족, 이웃이 먹을 것을 키워 내는 농부의 중요성을 깨닫고 그래서 더 많은 사람들이 청년 농부가 내일을 기대할 수 있는 사회를 만드는 데 조금씩 힘을 보태 준다면, 우리가 꿈꾸는 미래가 그리 멀지는 않을 것이라 믿는다. ●

도서출판 남해의봄날 비전북스 13
우리 인생에 모범답안은 정해져 있지 않습니다. 대다수가 선택하고,
원하는 길이라 해서 그곳이 내 삶의 동일한 목적지는 될 수 없습니다. 진정한 자유를 위해
용기 있는 삶을 선택한 사람들의 가슴 뛰는 이야기에 독자 여러분을 초대합니다.

12개국 35개 농장
땅 파서 꿈 캐는 꽃청춘의 세계일주

파밍보이즈

초판 1쇄 펴낸날 2017년 8월 10일
    2쇄 펴낸날 2018년 12월 5일

지은이	유지황
사진	비상식량, 콘텐츠나무
편집인	박소희 · 천혜란 책임편집, 장혜원, 김지연 편집도움
마케팅	원숙영, 김하석
디자인	그라필로그
종이와 인쇄	미래상상
펴낸이	정은영 편집인
펴낸곳	남해의봄날
	경상남도 통영시 봉수1길 12, 1층
	전화 055-646-0512
	팩스 055-646-0513
	이메일 books@namhaebomnal.com
	페이스북 /namhaebomnal
	인스타그램 @namhaebomnal
	블로그 blog.naver.com/namhaebomnal

ISBN 979-11-85823-17-1 03810
© 유지황, 2017